गुल की महक

बैजनाथ प्रसाद बमनयाँ

अंजुमन प्रकाशन

Title : Gul Ki Mehak
Author : Baijnath Prasad Bamnia

Published By-
Anjuman Prakashan
942, Mutthiganj, Prayagraj, 211003
www.anjumanpublication.com
anjumanprakashan@gmail.com

Hardcover, First published by Anjuman Prakashan in 2023
ISBN : 978-93-88556-83-5

Cover & Typeset by Anjuman Prakashan

समर्पण

पूज्यनीय माता-पिता के चरणों में समर्पित

लेखकीय

मैं निवेदन करता हूँ कि गुल की महक कविता संग्रह के रूप में आप के हाथों में सोंपतें हुए असीम प्रसन्नता का अनुभव कर रहा हूँ। इस संग्रह में प्रकाशित कविताएँ जनमानस के द्वारा पढ़ने पर मानस पटल पर जरूर अपनी छाप छोढ़ेगी।

मेरे कविता संग्रह 'गुल की महक' में ऐसी कविताओं को समाहित किया है, जिनमें मेरे विचार, भावना, कल्पना एवं भावों से सनी हुई हैं। मेरी रचनाओं में प्रकृति, गुरू, महापुरूषों, समय की रफतार, मजदूर, वर्ण व्यवस्था, छुआछूत, जातिवाद, राजनीति, भ्रष्टाचार, गरीबी राजनीति, नारी की दशा, भाइयों के रिश्ते, सपूत वीरांगनाएं, समाजिक बुराई, जैसी अनेक विषमताएं समाज में व्याप्त हैं। जो दलितों एवं निम्न तबकों के लोगों के लिए चिन्ता का विषय है। यह कविता संग्रह मेरा प्रथम प्रयास है। इसलिए इसमें निश्चित ही कमिया होंगी। सुधि पाठकों के लिए यह कविता संग्रह एवं पुस्तक ही नहीं है। बल्कि मेरी कल्पना में। स्वाभाविक रूप से आजकल समाज में जो घटित हो रहा है, उसकी एक असलियत की बानगी है। इस कविता संग्रह के प्रकाशन में मेरे परम पूज्यनीय गुरू जी श्री बाबूलाल यादव जी शिक्षक, मेरे परम सहयोगी श्री इंदरसिंह अरसेला शिक्षक, परम मित्र श्री रामगोपाल शर्मा तथा प्रातः काल सैर करने वाले अनुज श्री राकेश परिहार (नन्ना) एवं सभी चाहने वालो ने समय-समय पर मुझे लिखने की प्रेरणा दी है।

समय-समय पर मेरी जीवन संगिनी श्रीमती प्रेमबाई बमनयॉ का लिखने के दौरान पूर्ण सहयोग मिलता रहा। जिससे यह संग्रह पूर्ण हो पाया मै इनका बहुत-बहुत आभारी हूँ और भविष्य में भी रहूँगा।

इसके साथ ही अंजूमन प्रकाशन इलाहबाद प्रयागराज (उत्तर प्रदेश) की प्रकाशन टीम को हार्दिक धन्यवाद देता हूँ। जिन्होंने इतने कम समय में मेरा कविता संग्रह प्रकाशित करने में महत्वपूर्ण भूमिका निभाकर अपना सहयोग प्रदान किया।

मैं आशा ही नहीं पूर्ण विश्वास करता हूँ कि पाठक गण पूर्ण ईमानदारी से अपने सुझाव देकर मुझे अवग कराएंगे।

आपका

बैजनाथ प्रसाद बमनयाँ(प्रधानाध्यापक)

रेतगोई मौहल्ला वार्ड नं. 02

खनियांधाना, जिला शिवपुरी म.प्र.

अनुक्रम

01. गणेश-वन्दना

सब देवों के देव गणेशा प्रथम पूज्य कहाते हैं।
मंगल कारी शुभ कामों में पहले तुम्हें मनाते हैं।। 01।।

माँ के अंश से पैदा होकर गौरी पुत्र कहाते हैं।
माता-पिता की करी परिक्रमा जौ पृथ्वी तुल्य कहाते है।। 02 ।।

माता के स्नान समय में पहरा देते द्वारे पर।
मेरी आज्ञा के बिन कोई कदम न रखें घर अन्दर ।। 03।।

भोलेनाथ जब आए दर पै जाने लगे वे अन्दर।
गणपति जी ने मना किया तो क्रोध है आया चेहरे पर ।। 04 ।।

काटा शीश जब गिरा धरति पर, तो हाहाकार मचा हिमालय पर।
गज शावक का शीश काट कर धरा गजानन के धड़ पर।। 05।।

परशुराम से युद्ध हुआ जब काटा दन्त कुठोर ही से।
एक दन्त कहलाए जब से चार भुजा थी बुद्धि बल से ।। 06 ।।

कार्तिकेय हैं भाई तुम्हारे सदा निराले रहते हैं।
दुखियों के हैं कष्ट मिटाते, दृष्ट संहारा करते है।। 07 ।।

रिद्धि के हो दाता कृपा दीन पै करते हो।
लड्डू का तुम भोग लगाते मूसे सवारी करते हो।। 08।।

ग्यारह रूद्र हैं भोलेनाथ के उन पै करते शिवजी राज।
गणपति हैं सबसे बल शाली तभी कहाते है गणराज।। 09।।

गोदी में हैं गौरा सुत, वो रक्षा करते दीनो की।
बैजनाथ है शरण तुम्हारी, रक्षा कर दो जीवन की।। 10।।

02. गुरु की महिमा

तीनों लोक चराचर में सत्ता रहती है ईश्वर की।
उसके पास पहुचाने में कृपा होती है गुरूवर की।। 01।।

पॉच तत्व से काया बनती, आत्मा रहे जगदीश्वर की ।
बालापन में खेलत फिरता, गेंद बनी तन के मन की ।। 02 ।।

अंधकार को दूर भगा के करें उजाला जीवन में।
ज्ञान प्रकाश जगा ह्रदय में आलोक रहे इसनर तन में।। 03।।

ज्ञानवान हो कितना भी नर, गुरू बिन ज्ञान अधूरा है।
ज्ञान की गुदड़ी ओढ़े जब ही नर, फिर ज्ञानी वह पूरा है।। 04 ।।

गुरू ही ब्रह्मा गुरू ही विष्णु, गुरू ही महेश्वर होता है।
गुरू साक्षात परमेश्वर है, गुरु चरणौ में ही स्वर्ग होता है।। 05 ।।

गुरू मानव के जीवन में अमृत की बेली होता हैं।
षीषे कटाकर गुरू मिल जावे, तो भी सस्ता सौदा होता है।।06।।

ज्ञान न खेतों ऊपजै ज्ञान न हाट बिकावै है।
सच्चा ज्ञान गुरू से मिलता, वह सौदागर कहावै है।।07।।

हरि रूठे तो गुरू चरणों में नर, सम्बल को पाता है।
गर गुरू जो विमुख जो होता है तौकहीं षरण नहीं पाता है।।08।।

यदि भवसागर से तरना है तो गुरू से लगन लगा ले तू।
नहीं तो मोह माया के चक्कर में यही पड़ रह जाएगा।।09।।

सात दीप नौ खण्ड में गुरू, से बड़ा न कोई है।
बैजनाथ श्री गुरू चरणों में जीवन का फल सोई है।।10।।

03. सरस्वती वंदना

है माँ वीणा को बजाने वाली, बुद्धि को वरदान दो।
हृदय में लगे अंधकार को तुम वेग ही अवसान दो।। 01।।

स्वर को है देने वाली संगीत तुझ में भरा है।
ज्ञान का भंडार तुझ में बड़ा है।
भक्तों पे कृपा करके झोली को उनकी भर दो।। 02 ।।

प्रिय स्वतंत्र मंत्र नव निज देश में अब ।
करूणा का भाव भर दे ।। 03।।

वाणी के स्वर अब धीमे पड़े है जाके।
दे कर मधुर कंठ तू अब मन को मगन कर दे।। 04 ।।

देवों ऋषियों ने मानी, करते हैं पूजा तेरी।
जो भक्त अरजी लगाते करती नही है देरी।। 05।।

उड़ते गगन में पक्षी, करते हैं बिहार मन से।
उनको गति में लाकर, कर दे दया बदन से।। 06।।

छाया तुम जिगर में कर दे उजाले मन में,
जीवन में बाधक कठोर बन्धन, काटूं वह बुद्धि धार दो ।
दुराचार अन्याय अशत का, तीव्रता से क्षय हो,
बैजनाथ चंचल मन में, शुचिता के भाव भर दो।। 07 ।।

04. संतशिरोमणि श्री रविदास जी महाराज

मध्यकाल इतिहास मे, आया भक्ति काल।
भटके हुए समाज को दी नई दिशा हर हाल ॥ 01 ॥

संवत 1433 को सीर गोवर्धन ग्राम।
प्रकटे श्री रविदास जी रविवार दरम्यन॥ 02॥

माता कलसी देवी कहें, पिता है रघुजीदास ।
नीच जात जन्मन भए आनन होत प्रकाश॥ 03॥

विप्र जात ऊँचे बसे गंगा स्नान।
कहें रविदास कहॉ जात हो सुनलो चतुर सुजान ॥ 04॥

गंगा स्नान को जात है, तो कों कहा सरोकार।
बीच डगर में टोकत है, ओंछी जात चमार ॥ 05॥

कहें रविदास सकुचाय के मेरो एक टका लीन तुम।
ऊँचौ हाथ बढ़ाए गंगा, तौ तुम उनको दीन तुम॥ 06॥

भूल के वश दीनों टका लीनों हाथ बढ़ाय ।
बदले में माँ गंग ने, कंगन दियो गहाय॥ 07॥

लोभ वश कंगन छिपा राजा दियौ गहाय।
जोड़ी मिले रानी कहै, तब ही भोजन पाय॥ 08॥

प्राणों के लाले पढ़े विप्रन करी पुकार।
रविदास के ढिंग जाये कहें चरणन की बलिहार।। 09।।

मन अगर चंगा हो तो कठौती में गंगा आती है।
सोने का कंगन देकर के ब्राह्मण के प्राण बचाती है।। 10 ।।

सिकन्दर लोदी के दरवार में सबनें रवि को अजमाया है।
असली ब्राह्मण तो वही है, जिसने कंधा चीए जनेऊ दिखाया है।। 11।।

गंग नहाने गए रवि जब ब्राह्मण ने अछूत बताया है।
विनय करी जब रविदास ने, उल्टी गंग बहाया है।। 12 ।।

मीराबाई ऊँचे कुल की रानी, उनने गुरू बनाया है।
नीचे का ऊँचा अब करके ज्ञान प्रकाश फैलाया हैं।। 13।।

भोज दिया जब मीरा बाई गुरू को आसन बैठाया है।
तिरस्कार तब हुआ रवि का, ब्राह्मण के बीच दिखाया है।। 14 ।।

चमडें का कर्म करें नित, दो जोड़ी जूते बनाते हैं।
एक जोड़ी साधु देते, दूजे से घर को चलाते है।। 15।।

रामानन्द के गुरू बनाया चरणों में शीश नवाया है।
निष्काम भक्ति के आगें भी, पारस को तुच्छ बनाया है।।16।।

दलितों का उद्धार किया जग में नाम कमाया है।
बैजनाथ साहस करके रवि महिमा को गायी है।।17।।

05. डॉ. भीमराव अम्बेडकर

दलितों के उद्धार को जनमें भीमाराव।
समता का संदेश ले पहुँचे गॉव-गॉव ।। 01।।

14 अप्रैल 1891 महू नगर दरम्यान।
भीमा बाई माता को दीना है सम्मान।। 02।।

पिता जी सूबेदार थे नाम था रामाराव।
अंग्रेजों के राज्य में खूब किया ठहराव।। 03।।

7 नबम्बर 1900 नवम वर्ष उमरान ।
सतारा के हाईस्कूल में लिया प्रथम दाखिलान।। 04।।

भेदभाव की आग में जलने लगे भीमराव।
पानी भी नहीं पीने मिला, किया पोखर का जल पान।। 05।।

बाल काटने हेतु को नाई किए अपमान।
करूणा कर भनिनी बढ़ी बाल किए निपटान।। 06।।

सत्रह वरस की उमर में भीम किया पाणीग्रहण संस्कार।
रमाबाई नौ बरस की भीखू की तनया संस्कार रही उदार।। 07 ।।

गायकवाड महाराज ने दया कीन्ह हरषाय।
बीस रूपये के माह से छात्रवृत्ति दई मंजूर कराय।। 08।।

1915 वर्ष में विषय रहा अर्थशास्त्र महान।
कोलम्बिया यूनीवर्सिटी दिया पी.एच.डी. सम्मान।। 09।।

अछूतों का दर्द रहे झेलते होन लगा तिरस्कार।
बाबू सेवक फाइल फेंकते करें गलत व्यवहार।। 10।।

14 दिसम्बर 1927 को मन स्मृति दई जलाय।
पूर्व सनातन धर्म का दीना दम्भ नशाय।। 11।।

संविधान निर्माण की प्रारूप समिति दई बनाय।
29 अगस्त 1947 को उसका अध्यक्ष दिया बनाय।। 12 ।।

2 साल 11 महीने 18 दिवस में बनकर हुआ तैयार।
26 नबम्बर 1949 को समितिने किया स्वीकार।। 13।।

15 अगस्त 1947 को देश हुआ आजाद।
कानून मंत्री पद स्वीकार किया मान सेवा प्रसाद।। 14।।

हिन्दू कोड डाबिल संसंद में पेश किया हरषाय।
पर नेहरू से न बनी दीना पद ठुकराय।। 15।।

विश्वास घात नेहरू किया मन में लगा आघात।
27 सितम्बर 1957 को त्याग पत्र भेज दिया तत्काल।। 16 ।।

14 अक्टूबर 1956 को नागपुर पहुँचे निज पत्नि के साथ।
प्रातः कालकोनौ बजे बौद्ध धर्म दीक्षा लई करके नीचे हाथ।। 17 ।।

06 दिसम्बर 1956 की वह आई काली रात।
महाप्रयाण वह करगए जनता भई दुःखात।। 18।।

भारत रत्न उनको मिला किया गौरव एहसास।
नाम अमर वह कर गए, जग में प्रकाश।। 19।।

तीन संदेशे दे गए पालन करें नर नार।
शिक्षित बनों, संगठित रहो, संघर्ष करो हरे हाल।। 20।।

भीमराव की अमर कथा गाई है बैजनाथ।
जब तक दुनियाँ में रहूँ कभी न भूलूं साथ।। 21।।

06. बसंत ऋतु

बसंत ऋतु का आगमन लेता बड़ा, होता बड़ा सुहाना हैं।
बाग बगीचों के आंगन में मन को बड़ा लुभाना है।। 01।।

पेड़ों की डाली पर जब नई कोपलें आती हैं।
दुल्हन सी वे सजी दिखाती, उनकी छटा निराली है।। 02 ।।

नाही अति की सर्दी रहती नाही ग्रीष्म सताती है।
धूप छांव की मधुर यह बेला मन को खूब लुभाती ।। 03।।

वर्ण-वर्ण के फूल खिले हैं उपवन को वही सजाते है।
पुष्पों की सुगन्ध से अप रस ही मानव मन खुश हो जाते है।। 04।।

मंद मंद बहार जब बहती है, मन को शीतल कर जाती है।
सोए हुए उदास मन में वह नए-नए भाव जगाती है।। 05।।

खेतों में खड़ी हुई फसले अपने यौवन पर आती है।
उन्हें देख किसान के मन में चंचलता भर जाती है।। 06।।

कोयल काली होती है पर मीठी उसकी बोली है।
आमों के जाने पर वह तो मुँह अपना धो लेती है।। 07।।

बासंती का रूप निराला वह ऋतुओं का राजा है।
अपनी सुन्दरता के ही कारण जन मानस पर उसने डेरा डाला है।। 08।।

कोशिश तो ऐसी रहती है, जीवन में सदा बसंते रहे।
पर बस नही चलता वक्त की गति से, राहों में कटंक खटक रहे।। 09 ।।

पर बैजनाथ करे अरदास यही सबके जीवन में सुख शांति रहे।
खुशियाँ छाए सबके गृह में मुख कमल सा खिलता रहे।। 10।।

07. दलित की दशा

एक पिता से सभी हैं जन्मे, जो आता बहजाता है।
अपनेमन से ऊँचा बनता, स्वांग बढ़प्पन का क्यो करता है।। 01।।

किस घर में व जन्मेगा जाकर, जाएगा किस घर से मरकर।
पुनः जन्म लेने पर बन्दे जाति धर्म बदलते हैं।
पर खून सभी में एक ही जैसा, फिर फिर भी नीच कहलाते है।। 02।।

वंचित रहे शाला मंदिर से, मन में उदगार मचलते थे।
अपने आप पर सभी हैं निर्भर, फिर क्यों दलित कहाते थें।। 03।।

शोषित होकर दलित हो गए, फिर कैसे सनातन कहलाते हैं।
सूखा अनाज है दान में पावन, फिर कैसे हम अछूत कहाते हैं।।04।।

क्या औचित्य बसुधैव कुटम्बकम जब ऊँच नीच कहलाते हैं।
जिस पर बीती वो ही जाने जो अपमान का जहर नित पीते हैं।। 05।।

यह सम्भव है दुराचार उनका, कुछ अवसर वादी को खलता।
लोभ निराकरण उनके मानस से वही क्यों निकलता ।। 06।।

साधु सन्तों ने अभिमंत्रित जल से, दीन दुःखियों पर उपकार किए।
पर ऊँचे लोगों ने उन पर पशु तुल्य व्यवहार किए।। 07।।

सदा बडों ने भरत धरा पर अपना परिवार खूब बढ़ाया।
किन्तु बदले में स्वुधरमी को, विपरीत घृणा का शिकर बनाया।। 08।।

गरीब मजूरों के श्रम से गिरा मानव समाज मचलता है।
क्यों इनको ऊँचा उठने में, कोई जादू नहीं चलता है।। 09।।

अगर दबे कुचले लोग, अन्य धर्म राह पर चले जाते हैं।
तो ये ऊँच कहाने वाले, मनचाहा अन्याय मचाते हैं।। 10।।

उनकी धारणा रही है ऐसी, जीने और न बढ़ने देंगे,
कितना ही पढ़ा और उज्जवल मन हो मंदिर की सीढ़ी पर चढ़ने न देंगे। ।11।।

अगर तुम हो सच्चे मनुवादी, तो दलितों का उद्धार करो,
जाति शांति की तो तोड़ दिवारें, उनका आलिंगन कर सम्मान करो।।12।।

पिछड़ गए हम बहुत आज तक, बैजनाथ की एक करूण पुकार सुनों।
विश्व पटल पर आगे लाने, इस वसुधा पर नव भारत निर्माण करो।। 13।।

08. भारत में वर्ण व्यवस्था

भारत में वर्ण व्यवस्था युगों पहले से चली आई है।
ब्रह्ममा जी के पुत्र मनु ने नई रीति चलाई है।।01।।

मनु ने बनाई मनु स्मृति, जिसमें चारों वर्ण बताए है।
ब्राहमण, क्षत्रिय, वैश्य, शुद्र, मानव के चारों भाग बनाए है।।02।।

ब्रहमा मुख से ब्रह्मण, भुज से क्षत्रिय उदर से वैश्य कहाए है।
सबसे नीचे शूद्र पैर से, उनके जन्म बताए हैं।।03।।

अगर मानव तन से मानव जन्में यह नई बात सुनाई है।
तो फिर नारी की क्यों हुई जरूरत, अपनी देह लुटाई हैं।।04।।

ब्राह्ममण कहते हम सबसे ऊँचे वेद पुराण पढाई है।
घर-घर जाके भिक्षा माँगे फिर भी शान बड़ाई है।।05।।

सूखी दक्षिणा शुद्र से लेवे, भोंजन में छूत बताईहै।
ऊँच नीच का भेद भाव कर रीति खूब चलाई है।।06।।

क्षत्रिय वीर रक्षक हैं जिनकी के, रक्षा का भार है उनके ऊपर।
लेकिन कुद क्षत्रिय अपने कर्म का, जोर जमाते शूद्रों पर।।07।।

वैश्य तुला को डाल गले में घर घर बंजी करते हैं।
मौका पाकर वे तो सबका निशदिन शोषण करते हैं।। 08।।

शूद्रो ने ऐसी यौनि पाई, सबकी ठोकर सहते हैं।
उनके बिन कोई का मन चलता, फिर भी नीचे रहते हैं।।09।।

अस्थि पंजर,चमड़ी लहू भी सब में एकसा रहता है।
फिर क्यों शूद्र आज भी सबसे नीचे रहता है।।10।।

गर कर्मों के अनुसार जाति बनाई हैं सभी।
तों फिर अब क्यों करते हमरे कर्मों को वर्ण सभी।।11।।

जाति पांत और ऊँच नीच की नीत बनाई थी मनु ने।
धर्म सनातन की जड़ें कमजोर बनाई हैं तुमने ।।12।।

चारों वर्ण सवर्ण में आते, तो फिर शेष जाति का वर्ण कहो।
इसीलिए बैजनाथ ए कहता समता का अब पंथ चलों।।13।।

०९. शूद्र की व्याख्या

मनु ने जब चारो वर्ण बनाए थे।
तब नीच कोम के लोग सभी शूद्र कहलाए थे।।01।।

जाति से काई नीच नही है, कर्मों से नीच कहाते है।
जो ऊँचे कर्म को करते है, उन्हें भी शूद्र बताते हैं।।02।।

कर्मों को प्रधान बताकर तुलसी ने हरि गुण गाए थे।
जो जैसे कर्मों को करता वैसे ही फल पाए थे।।03।।

कोई कैसे भी ऊँचे वर्ण का हो, पर काम वह गंदे करता हो।
फिर कैसे वह ऊँचा बन सकता, जो मानवता से न डरता हो।।04।।

जो मिथ्या वृत्ति करते नित ही दर-दर से उनको ही पूजा जाता है।
पर जीवन जीते शुभ कर्मों से उनको भी ठुकराया जाता है।।05।।

जन्म से न कोई ऊँचा होता है, कर्मों से ऊँचा होता है।
माँ के उदर से तो हर कोई वंदा नंगा होता है।।06।।

जब दाई मुँह में उंगली डालती है, तब कहाँ जाती है तुम्हारी ठकुराई।
शूद्रों से ही नजर झड़ाते, फिर कैसे कायम रहती पंडिताई।।07।।

प्रातः काल ही शौच को धोते, क्या वह नीच कर्म नहीं होता है।
स्नान ध्यान से पहले, क्या कोई शूद्र वर्ण नहीं होता है।।08।।

हड्डी माँस रक्त से बने सभी ये वर्ण है।
फिर क्या सारे शूद्र नहीं है कैसे बने सवर्ण हैं।।09।।

माना कि शूद्र यौनि मार्ग से उपजाया।
तो फिर उच्चे वर्ण ने वही रास्ता क्यों अपनाया।।10।।

विधाता ने तो सभी को एक रंग रूप आकार का बनाया है।
फिर क्यों मानव जाति में इतना भेद बताया है।।11।।

धर्म सनातन में ही इतना वर्णा आधार बनाया है।
इसलाम, ईसाई, सिक्खों में बैजनाथ सम दर्जा पाया है।।12।।

10. जातिवाद का दंश

जितने भी देश है इस धरती पर उनमें जाति का कोई जिक्र नहीं है।
पर भारत ऐसा इक देश है यारो जिसमें बिना जाति के कोई कामन होता हैं।।1।।

जाति शब्द अंग्रेजी के कास्टे शब्द का,
हिन्दी अनुवाद जो पुर्तगाली के क्रास्ट शब्द से आया है।
जिसका शाब्दिक अर्थ नस्ल, प्रजातीय भेद बताया है।।02।।

सबसे पहले 1565 में गार्सिया दी ओस्टा ने यह नाम उचारा था।
जब एक वर्ग अनुवांशिक हो तब उसे जाति पुकारा है।।03।।

भारत है एक देश निराला जिसमें जाति नाम प्यारा हैं।
बिन जाति कोई शरण न देता ऐसा हाल हमारा है।।04।।

कर्मों से ही जात बनाई, कर्म प्रधान पुकारा है।
कर्म नीच जो अब नहीं करते, फिर भी नीची जात उचारा है।।05।।

बाबा साहब ने संघर्षो से दलितों की दशा सुधारी है।
ऊँच नीच उन्मूलन करके समता की मशाल उजारी हैं।।06।।

ऊँची जाति को कुर्सी बैठक मिलती, नीचों को धरती, माँ की गोदी प्यारी है।
रूढ़िवाद का पालन करके हमारी दशा बिगारी है,
देख-देख कर मन में रोते ऐसी फिजा हमारी है।।07।।

मंगल उत्सव खूब मनाते, प्रेम से सभी बुलाते हैं।
बैठने की जब बारी आती, कोई सम्मान न पाते हैं।।08।।

बड़ों बड़ो में प्रतिभोज जब होते, नीचों को भोजन करना होता।
नीचे जब जब उन्हें बुलाते परहेज खाने से उन्हें होता।।09।।

अगर कोई अजनवी अपनों का घर पूँछे, तो परिचय भी जाति से होता है।
जिससे यह सिद्ध होता है, कि इस देश में हर काम जाति से होता है।।10।।

जब ऊँची जाति की लड़की नीची जाति के लड़के से शादी करती है।
तब कहाँ जाती है उनकी ठकुराई नीची नाक, तुम्हारी करती है।।11।।

जब तक इस देश में जातिवाद का कीड़ा प्रबल होगा।
तब तक इस दलित का जीवन स्तर उज्जवल कभी न होगा।।12।।

है सवर्णो क्या तुम यह भुल गए, भारत इक्कीसवी सदी में चल रहा।
अपनी मानसिकता को बदलो, बैजनाथ जमाना आगे बढ़ रहा।।13।।

11. छुआ छूत एवं भेदभाव

जब से इस देश में वर्ण्र व्यवस्था आई है।
तब से ही सवर्णों ने छुआ छूत नीत अपनाई है।।01।।

सवर्णो ने इस नीत को मजबूत बनाने अपनीचाल चलाई है।
उन्हें देख कर अन्य जाति ने भेदभाव की नीत अपनाई हैं।।02।।

इतनी हीन भावना रखते दलितों से ईर्ष्या करतें हैं।
अगर कोई धोखे से छिल जाए, तो जल का सिंचन करते हैं।।03।।

यदि घर जाते किसी काम, से नीचे बैठना पड़ता है।
ए कैसी लाचारी है जूठें बर्तन को धोना पड़ता है।।04।।

अगर प्यास लगी है जोरों की, तो ऊपर से पानी पिलाया जाता हैं।
किसी पथिक को भूख लगी तो दूर से भोजन खिलाया जाता है।।05।।

कुत्ते बिल्ली अन्य जानवरों को गोदी में सुलाया जाता है।
धोखे से यदि दलित छू गए तो पानी से नहाया जाता है।।06।।

मन मे ऐसा भय बैठा, बराबर में बैठ नहीं सकते।
जब तक वे बैठे रहते, धरती में हम खड़े रहते।।07।।

दलित कितने भी पढ़ लिख जाए, पर उतना उन्हें सम्मान नही।
कितने भी ऊँचे ओहदे पर जाएं चढ़ता उन्हें परवान नहीं।।08।।

ईश्वर ने सब एक बनाए, कोई नीचा ऊँचा है।
समदरसी हैं ऐसे वह तो, करूणा जल से सींचा है।।09।।

राजनीत में भी अब तो छुआ छूत फिर हावी है।
बड़े बैठे ऊँचे पदों पर छोटे रहे पिछाड़ी हैं।।10।।

बाबू जगजीवन राम जी देखो दलितों के हमदर्द हुए।
यू.पी. में जाने पर स्मारकक अपमान हुए धुलवाए गए।।11।।

राष्ट्रपति देष के महामहिम रामनाथ कोविंद हुए
उनको भी दक्षिण भारत मंदिर कीं सीढ़ी पर आगे जाने से रोक लिए।।12।।

ए देश के कर्णधारो अब तो थोड़ी सी शर्म करो।
बैजनाथ अब दलितों पर अत्याचारो को बन्द करो।।13।।

12. हिन्दू धर्म का असली चेहरा

जब से सृष्टि का उदय हुआ तब से ही सनातन धर्म बना।
ईश्वर के दस अवतार हुए, तीन लोक में फैला सुयंश धना है।।01।।

अवनाशी जग का रखवारा, उसके नाम अनेक हुए।
ब्रहमा, विष्णु,, महेश, एक ही उनके रूप अपार राम, कृष्ण अवतार हुए।।02।।

मर्यादा कर्मयोग का पाठ पढ़ाया है।
जनमानस को मिली चेतना ज्ञान का पाठ रठाया है।।03।।

माता दुर्गा काली, ने देवी, यह सभी जगमाता है।
पर छत्तीस करोंड देव भारत में यह समझ नहीं आता है।।04।।

वीर बंजरंग बली अंजनी के लाला,, रामदास कहलाते हैं।
उनका नाम अमर कलयुग में महावीर सब गाते है।।05।।

धर्म सनातन जगत निराला, आर्यवर्ती में आर्य वसे।
जो गुलामी रूप में रहतें हैं, हिन्दुस्तान में आए रहे।।06।।

ईश्वर एक रूप है जग में फिर कलि कालके देव कहॉ से आए।
ठाकुरबाबा,गौड़बाबा, सिद्धगुरू, कारसदेव, हीरामन भैरोदेव रूढ़ि से पुजवाएं।07।।

जीवन जीते माता-पिता को जल भी नहीं देते।
अस्थि डाल गले दिवंगत प्रयागराज में ले जाते।।08।।

रूढ़िवाद प्रथा के कारण, हिन्दू धर्म की निंदा होती है।
अन्य धर्म में एक के कारण खूब प्रशंसा होती है।।09।।

क्या यही हिन्दू धर्म कहलाता है,जिसमे ऊँच नीच सब होता है।
बैजनाथ है बड़ा दुखारी जब अनर्थ कभी भी होता है।।10।।

13. मजदूर का पसीना

मानव सभ्यता के इतिहास में बड़े-बड़े निर्माण हुए।
लेकिन अभी तक किसने जाना, उनमें खून के धब्बे किसके लगे।। 01।।

ऊँचे-ऊँचे बॉंध और पुल इमारते बनाई हैं लहू से सींचकर।
शोषक वर्ग ने उन्हें सताया लम्बी कमानें खींच कर।। 02।।

अभाव और विपन्नता का जीवन बिताकर ऊँचे महल बनाते हैं।
दिन-रात जी तोड़ मेहनत कर पसीना बहता, मजदूर कहाते हैं।। 03।।

चौराहों पर आस लगा कर काम कीटोह लगाते हैं।
जो कोई ले जाता संग उन्हें फिर मन में खुशी मनाते हैं।। 04।।

रूखी सूखी खाकर वेतो ठंडा पानी पीते हैं।
तन अपने को जोश लगा कर सादा जीवन जीते हैं।। 05।।

दिन और रात करें वो मेहनत, फिर भी मजदूरी नहीं पाते हैं।
रोजाना वे चक्कर काटें, मालिक से फटकारे जाते हैं।। 06।।

शोषक और दबंग बुलाकर जवरन काम-कराते हैं।
अपना रूतवा रंग दिखा कर उनके पैसे खाते हैं।। 07।।

मजदूरों में होड़ मची है, न्यून रेट पर जाते है।
भूखे पापी पेट के कारण दर्जा वही भुलाते है।।08।।

अगर वे कंधे डाल दे तो फिर दुनिया में भूचाल आ जाए।
इसलिए योगदान को समझो सोया हुआ मान-जग जाए।।09।।

दया भाव दिखा कर उनके जीवन का उद्धार करों।
बैजनाथ मजदूरों पर अब और न अत्याचार करो।। 10।।

14. अहिरवार समाज में आपसी फूट

दलित समाज में जितनी समाजे बनाई हैं।
उनमें अहिरवार समाज सबसे आगे आई है।।01।।

इतिहास भी इसका प्राचीन और महान बताया है।
बड़े-बड़े महापुरूषों ने जग में नाम कमाया है।।02।।

एकता के बल पर ही बाबा साहब ने करिश्मा कर दिखाया है।
तभी तो उन्होने भारत का संविधान बनाया है।।03।।

संत शिरोमणि रविदास जीने समाज को एकता का पाठ पढ़ाया है।
इसी से समाज ने उन्नति का मुकाम पाया है।।04।।

अब भी समाज प्रगति के पथ पर आगे बढ़ रहा है।
लेकिन फिर भी देखने मे आ रहा कि, समाज कमजोर हो रहा है।।05।।

कारण यह रहा कि समाज कई पंथों की ओर मुड़ गया।
जिससे जाटव समाज टुकड़ो में बट गया।।06।।

ईर्ष्या ,द्वेष, छल कपट की चाल अब चलाने लगी
जिस से समाज की नींव अब हिलने लगी।।07।।

आपस में लड़ झगड़ कर मारकाट करते धनी।
छवि धूमिल होती समाज की दुनिया में होती हसी।।08।।

पुलिस थाने में रिपोर्ट लिखाते बनकर फरियादी खड़े।
देखने वाले यही कहते निश्चय ही चमार लडे।।09।।

पर समाज से द्ववंद पर हार मानते दबंगों से।
स्वजात से विवाद पर कोर्ट तक पहुचें दम्भ से।।10।।

आपस के टकराव का तुम आपस में ही निपटा लो।
नहीं किसी के सामने जाकर हाथ न अपने फैलाओं।।11।।

जो मिलकर परस्पर रहते है, वो ही आगे बढ़ते है।
बैजनाथ अपने ही बल पर ऊँचाई पर चढते है।।12।।

15 गरीब की दशा

एक मुसाफिर ने पूछा गरीब से, ए गरीबी होती है क्या ?
तब उस गरीब ने मुस्करा कर कहा, तुम क्या जानो गरीबी का मंजार।।01।।

गरीब में जो दिल होता है, वह धनवान में कहॉ।
गरीब जहाँ पर टिक जाते, वह होंसला साहूकारों में कहॉं?।।02।।

गरीबी जिसने देखी है, उनसे पूछो गरीबी की फिजा।
गरीबी जिसके घर आ गई, उसकी फिर बदली दिशा।।03।।

गरीबी के गुलाम हुए अनेकों इस दुनियां में।
फिर भी गिर कर सरताज बने इस दुनियां में।।04।।

राजा नल हुए बड़े ज्ञानी, उनकी शान निराली थी।
जब आई गरीबी उनके ऊपर, बहना ने नजर चुरा ली थी।।05।।

मित्र सुदामा दीन हीन थे, भिक्षा वृत्ति उनका पेशा।
पॉच घरों से भीख मांगते, धारण करते सद वेशा।।06।।

नरसी मेहता हरि अनुरागी, संतो संग-उनका डेरा।
फटे हाल में भात भराया सांबलिया का बन चेरा।।07।।

दिवाली जिनकी मनती है, जिनके दीपक में तेल धृत होता है।
त्यौहार उन्ही के मनते हैं जिनके कनकटीन में होता है।।08।।

दीन दशा होने से आसामी बंधुआ मजदूरी करवाते हैं।
बेटी के पीले हाथों के खातिर खेत भी बिकजाते हैं।।09।।

रहे बहुत से अशिक्षित, कारण गरीबी-रहा इनका।
ऊँची शिक्षा नहीं ले पाई, जीवन नीरस है उनका ।।10।।

आज भी दो करोड़ लोग दुनियां में भूख से भूखे सोते हैं।
किसी ने आकर यह नहीं पूछा आप फुटपाथों पर क्यों रहते हैं।।11।।

मानवता गर है किसी में तो, उन पर रहम की नजरें बरसाओं।
बैजनाथ अब फिर से कहता गरीबों पर न इतने सितम ढ़ाओं।।12।।

16. समानता का दिखावा

देश में और समाज में दलितो के साथ समानता का ढिढ़ोरा पीटा जाता है।
पर हकीकत में कहानी कुछ और ही बयाँ करती है।।01।।

संविधान निर्माता ने गरीबो के लिए कुछ समान अधिकार दिलाये थे।
लेकिन कुछ स्वार्थी तत्वों में हनन करके कटुता के कदम उठाये थे।।02।।

देखने दिखाने का सम्भव जुवा पर आते है।
अन्दर से नफरत के समभाव दिखते है।।03।।

कानून के डर से बराबर खड़े दिखाई देते है।
काम जब बनता है, दिखे तो रंग बदलते देखे है।।04।।

अगर अटकी देखे तो सब भेद भूलाये देते है।
ऊँच-नीच का नाम भुलाकार खूब खूशामद करते हैं।।05।।

उल्लू सीधा करना हो तो नीचों के घर ये जाते हैं।
बैठ पालथी भोजन करते, समता भाव दिखाते है।।06।।

गॉवों की तस्वीर निराली वहॉ कुछ और नजारा दिखता है।
दबी जुबां से नफरत करते, ऊपर से मन खिलता है।।07।।

अवसरवादी लोगो से बचना, इनका बहरूपिया रंग दिखाता है।
काम जो अटका हों फिर इनका, हाथ सभी से मिलता है।।08।।

सच्चे अर्थों से हम सभी बराबर, सबको ही समतुल्य बनाया है।
अंगो की अब गणना कर लो क्या कोई अधिक बनाया है।।09।।

देश भलाई करना है तो सबको संग लगाना तुम।
बैजनाथ आवाहून करता पिछड़ों को गले लगाना तुम।।10।।

17. चंवर वंश का इतिहास

आर्यवर्त में धर्म सनातन, सबसे प्राचीन कहाता है।
वर्ण भेंद के कारण वह तो पतन गर्व में जाता है।।01।।

सतयुग,त्रेता,द्वापर में भी शूद्रों का अपमान हुआ।
जाति पांत की बना दीवारें, ऊँच नीच अभिशाप हुआ।।02।।

सतयुग में तत्पर चंवर वंश उत्थान हुआ।
राजा चंवरसेन कहाते, चार सौ छतीस वरस का राज हुआ।।03।।

त्रेता युग में शम्भुक ऋषि हरि भक्त कहाए है।
ब्राहमण ने शूद्र भक्त कहकर वध उनका करवाए हैं।।04।।

द्वापर में चेताभक्त हुए, कान्हा को भात खिलाया हैं।
प्यास भुझाने उनकी पनघट, जल चर्मपात्र में लाया हैं।।05।।

राजा चामुण्डशय बड़े प्रतापी, सहस्त्रवरस तक राज्य किया।
निःसंतान हुए थे फिर भी कुल अपने का नाम किया।।06।।

कलयुग में रविदास भगत ने दलितो को दिशा दिखाई है।
आत्म में ज्ञान जगा हृदय में विप्रों को सीख सिखाई है।।07।।

चंवर वंश अति प्राचीन, इसके समान ना दूजा है।
गैार वंश कलयुग में आए, बैजनाथ हरि पूजा है।।08।।

18. कविता वक्त की रफतार

समय बड़ा बलवान जगत में,
उससे नर भूपत हारें॥01॥

समय की मार पड़ी है,
जिन पर उनको चौपट कर डारे॥02॥

धृत के दीपक जलते जिनके,
उनके घर अंधियारे कर डारे॥03॥

राजे और महाराजे जिनके
आगे रहते रखवारे॥04॥

उन महीपों को अब,
तो पड़ते प्राण बचाने के लाले॥05॥

वख्त की ऑंधी आई जीवन में,
तो राजा रंक बना डाले॥06॥

रक्त ने अपनारंग दिखाया,
तो हरिश्चन्द्र से दानी, डोम के घर बिकवा डाले॥07॥

समय पड़ा जब राम चन्द्र पर,
चौदह वरस वन में भटका डाले॥08॥

पलटा खाया जब समय चक्र ने,
पुत्र के शव को अर्जुन के हाथ जला डाले।।09।।

बाजी पलटी समय की ऐसी पाण्डु के पुत्र रूला डाले।
भरी सभा में निज पत्नी के तन के चीर खिचा डालें।।10।।

जिनके दर पै नौबद बाजी,
उनके कंगूरोंपर वक्त ने घास जमा डाले।।11।।

जिसने मान किया तन का,
निर्बल के गेह जला डाले,
दिशा जो बदली काल चक्र की धरती में उन्हें मिला डाले ।।12।।

समय से होड़ करी जिसने उस के अरमान मिटा डालें।
समय से मिल करर चला है जो भी उसे रंक से राजा बना डाले।।13।।

समय हँसावे समय रूलावे, होते उसके रंग निराले।
समय चक्र के फेर बदल ने सबके मान घटा डाले।।14।।

विपत के दिवस देखे बैजनाथ ने,
उनसे मुकाबले कर डाले।।15।।

19. भटका हुआ समाज

मानव सृष्टि की अनुपम रचना है, जिसको ईश्वर ने संवारा है।
जन समुदाय से मिलाकर, एक सभ्य समाज सिरजारा है।।01।।

सही दिशा में वही समाज आगे बढ़ता है, जिसका नेता सच्चा होता है।
पथ प्रशस्त करता है, सबका नव निर्माण वह करता है।।02।।

सभ्य सुसंस्कृत लोग जिस, समुदाय में होते हैं।
भावी पीढ़ी के लोग आगे उत्कृष्ट गुणों के होते हैं।।03।।

गर कुछ स्वार्थी किस्म के लोग झुण्ड में होते हैं।
तो अपना उल्लू सीधा कर लोगों को दुःख वह देते हैं।।04।।

जो झूठे आश्वासन देते हैं, अपने जाल फसाते हैं।
वो निरीह सीधे प्राणी को पल-पल में वहीं रूलाते है।।05।।

जो लोग दलालों की बातों में आजाते हैं।
वे अपना सुन्दर जीवन दुःख के झंझावातो में पाते हैं।।06।।

समाज वही उच्चतर होता है जो देश को आगे ले जाता है।
मुखिया वही नेक होता है जो, सब को साथ लेकर चलता हैं।।07।।

बदले हुए परिवेश में ऐसे समाज की जरूरत हैं।
जो जाति धर्म और भेदभाव को त्याग समुन्नत हैं।।08।।

आज के नौजवानों का यह कर्त्तव्य बनता है।
भटके हुए समाज को नई दिशा देने दिल मचलता है।।09।।

जिस समाज में जन्म लिया, उसको सार्थक हम कर जाएं।
निज को कर्मशील बना बैजनाथ नाम अमर हम कर जाएं।।10।।

20. शिक्षा नीति

नैनिहालों को अगर संस्कार वान बनाना है,
तो अच्छी शिक्षा का अधिकार दिलाना है।।01।।

सबसे पहले मात-पिता को शिक्षा के प्रति लगन लगाना है।
शिक्षित होंगे पितु-माता तो, शिशुओं को अग्र बढ़ाना है।।02।।

1996 में आई नई शिक्षा नीति, नाम शिक्षक समाख्या कहाना था।
जिसका उद्देश्य जन-जन में शिक्षक का मान बढ़ाना था।।03।।

वर्ष 2006 में बाल, केन्द्रित, शिक्षा नीति बनाई,
बच्चों को खेंल-खेल में शिक्षा का पाठ पढ़ाना था।।04।।

बच्चों का जीवन स्तर, ऊँचा उठाने को,व्यवसायिक शिक्षा की पौध लगायी थी।
जीवन सुखमय हो उनाका, ऐसी लहर चलाई थी।।05।।

आजादी के पहले कोई न पढ़ने जाता था,
बोलवाला था दाबंगों का, उनसे न कोई टकराता था।।06।।

शिक्षा पाने की ललक रहती मन में, फिर भी मन मसोस रह जाते थें।
हर कदम पर पीछे रहकर, जीवन को नर्क बनाते थे।।07।।

शिक्षा ही समाज का दर्पण है, मन में खुशियाँ वो लाती है।
बैजनाथ जीवन हो सुन्दर, उन्नति सोपान चढ़ाती है।।08।।

21. भाषावाद

मानव विचारों के आदान प्रदान का सशक्त माध्यम भाषा है।
बिन भाषा के जीवन में , अगे बढ़ने की घोर निराशा है।।01।।

पग-पग पर है काम जो पड़ता भाषा के उन शब्दों से।
अक्षर-अक्षर जोड़ के बनती, बोंली केइन मकरन्दों से।।02।।

यद्यपि सोलह भाषाओं को अपनाया है भारत के संविधान में।
फिर भी हिन्दी से सिरमौर बनी है, 14 सिंतम्बर 1949 में।।03।।

गुजराती पंजाबी सिन्धी ब्रजभाषा अंग्रेजी, कश्मीरी,
असमी पश्चिमोत्तर बिराजी हैं।

मराठी, कन्नड़, मलयालम, तेलुगु, उड़िया, दक्षिण भाग सुभोषित हैं।
पर हिन्दी पूरव दिशा सुशोभित, सारे देश में विराजित है।।04।।

पूर्वाग्रह से ग्रसित यह मानव कैसी इसने ठानी है।
निज भाषा को गले लगाना कैसी ये नादानी है।।05।।

भाषा भेद के कारण ही हम इक दूजे को नहीं जाने हैं।
इसीलिए अलगाव ए होता, फिरभी हम नहीं माने हैं।।06।।

भाषा है हमें प्राणों से प्यारी, भाषा से उन्नति होती है।
भाषा देश विदेश मिलाती, हर भाग की भाषा होती हे।।07।।

अंग्रेजी संवाद की भाषाऐ पश्चिम से आई है।
उससे नई पहचान बनाई, निज भाषा बिसराई है।।08।।

गैर भाषा के उच्चारण में शान जो अपनी रखते हैं।
अपनी भाषा के वर्णन में अपने को लज्जित करते हैं।।09।।

कैसी भी दशाएं आजाएं, चाहे कैसा भी संकट आए।
निज भाषा से तुम प्यार करो, चाहे बैजनाथ के प्राण निकल जाए।।10।।

22. भ्रष्टाचार

जिस देश में सभ्य समाज गण होते है, उस देश के लोगों में सद्गुण बहुतेरे होते हैं।
उसी देश की उन्नति होती है, जिस देश के लोग निष्ठावान कर्मवीर होते हैं।

भ्रष्टाचार नाम अनोखा अक्षर, साडेचार निराले होते हैं।
उनका अर्थ बिरले ही जानें, वों ही इससे डरते हैं।।02।।

धन संचय की होड़ लगी है,वे शोषण करें गरीबों का।
सुविधा शुल्क के रूप में लेते, न देखें कष्ट फकीरों का।।03।।

बिन रिश्वत के बात न पूछें दुत्कारें कुत्तों जैसा।
दफतर के चक्कर काटें लोकतंत्र है अब कैसा।।04।।

घूस देकर काम कराते कर्ज उधारी लातें हैं।
फिर भी समय परकामन होता मन भसोसे रह जाते हैं।।05।।

जितना भी सरकारी अमला है, भ्रष्ट का दामन ओढ़ रखा।
कब तक मानव सहन करें, शांति का स्वाद कभी न चखा।।06।।

थक हार जरूरतमंद जब जाता है, काम की आस टूट जाती है।
होकर विवश लाचारों को अब न्याय की राह दिखाती हैं।।07।।

लेकर फरयाद जब फरियादी लोकायुक्त पर जाता है।
वार्तालाप सुनाकर उनको पाउडर लगे नोंट ले आता है।।08।।

निश्चित मुकाम पर फरयादी उनकी भूख मिटाने जाता है।
मिलते है जब चिन्हित मुकाम पर, रंगे हाथ धरा जाता हैं।।09।।

जग हसाई होती चारों दिशा में सिर शर्म से झुक जाता है।
सब अरमान धरे रह जाते अब हाथ मलें पछताता है।।10।।

क्यो बरबाद करे जीवन को घर शमशान बनाता है।
बैजनाथ करै इक अरजी क्यों मुँह काला करवाता हैं।।11।।

23. कश्मीर का इतिहास एवं उसकी समस्या

देश में जितने राज्य हैं कायम उनमें कश्मीर निराला है।
कश्मीर की घाटी में देखो, प्रकृति का अमर उजाला है।।01।।

कश्यप ऋषि थे आर्यवर्त में, उनके नाम कश्मीर कहाया है।
ईश्वर ने बड़े सोच समझकर वादी को सुधड़ बनाया है।।02।।

कालान्तर में समय जो बदला अफगानें ने गदर मचाया था।
मुस्लिम राज्य को कायम करके, रिचन ने परचम लहराया था।।03।।

डोंगरी वंश के महाराजा रणजीतसिंह ने दुश्मन को मार भगाया था।
हिन्दू राज्य की नींव को रख के, पूर्व्रजे का मान बढ़ाया था।।04।।

1780 में देखो रणजीतदेव अवशा, गुलाबसिंह थे
वारिस उनके, सिर पर ताज विराजमान हुआ।
1816 से लेकर 1875 तक उनका एकक्षत्र राज्य हुआ,
चारों ओर छाई थी शांति, राज्य का खूब विकास हुआ।।05।।

अमर सिंह पिता हुए हरींसिंह के, चहुँ दिश में यश फैलाया था।
हरीसिंह प्रकट 21 सितम्बर 1895 तब अमर पैलेस में शुभ संदेश आया था।।06।।

हरीसिंह हुए बल बुद्धि वाले जिनका गौरवशाली राज्य रहा।
1925 से लेकर 1947 तक, उनका कश्मीर में राज्य रहा।।07।।

पाकिस्तान बना फिर जब से उसकी मंशा में खोट हुआ।
कश्मीर हमें लाजिमी मिल जाए, मन ऐसा विस्फोट हुआ।।08।।

इसी फितूर को पूरा करने उसने कश्मीर पर वार किया।
22 अक्टूबर 1947 को ज़ुपके चुपके धोखे से प्रहार किया।।09।।

24 अक्टूवर को अपनी हार देख हरीसिंह, भारत से मदद की गुहार लगाई थी।
पार स्वदेश ने मददद के बदले, विलय की शर्त बताई थी।।10।।

कर्णसिंह जन्मे 1931 में वृद्धापन में आस लगाई थी।
पर लालच में आकर कर्णसिंह ने मन निराश जगाई थी।।11।।

विलय की शर्त मान कर राजा ने भी अपनी दो शर्ते बतलाई थी।
धारा 370 और 35 कश्मीर में मनवाई थीं।।12।।

1947 को युद्ध में भारत की सेना ने दुश्मन को धूल चटाई थी।
भारत के वीर सपूतों ने लाहौर तक ध्वज फहराई थी।।13।।

पर 30/12/1947 को समझौता वादी नेहरू ने युद्ध विराम कराया था।
इसी वजय से नियंत्रण रेखा बन गई, सीमा का विवाद बढ़ाया था।।14।।

इसी वजह से आज देश में आतंकवाद ने भारी दबंद्वव मचाया है।
लोग हजारों वहां पर मर गए, शांति का नाम मिटाया है।।15।।

चार वार वह हमसे लड़ गया, हर जंग में मुँह की खाई है।
कश्मीर की चाह भई न पूरी, जग में हसी कराई है।।16।।

डॉं. कर्णसिंह हरीसिंह के बेटा जिनने कश्मीर की डोर सम्हाली थीं।
गुलामनवी आजाद बजीरे आलाने अमन की राह दिखाई थी।।17।।

फारूख अबदुल्ला ने आकर के शांति का कुछ प्रयास किया।
उमर अबदुल्ला ने भी घाटी में कुछ संज्ञान दिया।।18।।

मुफती महबूबा ने नारी होकर भी संघर्षो का जज्बा दिखाया था।
घाटी में अमन चैन को लाने, आगे कदम बढ़ाया था।।19।।

चाहे कुछ भी हो जाए आतंक को बढ़ने नहीं देगे।
चाहे जाने भले ही जाए बैजनाथ कश्मीर हरगिज नहीं देगें।।20।।

24. राजनीति में परिवार बाद

आज जो राजनीति में हो रहा है, उस में सब कुछ अच्छा नहीं,
ऐसी अवसर वादी नीति में विकास की बू आती नही है।।01।।

आजकल, राजनीति ममें बढ़ चढ़ कर, भाग लेने की होड़ मची है।
पर गरीबों, असहायों, भूखोंकी, सुध लेने की किसको फिकर लगी है।।02।।

देश आजाद हुआ है जब से, परिवाद की होड़ लगी है।
नेहरू, ने कमान सम्हाली सबसे, तृष्णा लगन बढ़ी है।।03।।

इंदिरा आई राजनीति में तब से देश की चाल बढ़ी है।
सत्रह साल तक किया है शासन, तब से ही विकास की गति परवान चढ़ी हैं।।04

राजीव गॉंधी ने माँ के कारवां को, बड़ी लगन से आगे बढ़ाया है।
विघ्न संतोषी गद्दारों ने, उस रथ पर विराम लगाया है।।05।।

डा. मनमोहनसिंह शतरंज के मोहरा, सोनियाँ ने ऐसी नीत गढ़ी।
परदे के पीछे बनी सियासत अवसरवाद की भीड़ बढ़ी।।06।।

राहुल गॉधी महत्वाकांक्षी सता की मन में सोच जगी।
कोशिश लाखकरी उनने फिर भी एक न लाग लगी।।07।।

आजकाल के नेता ऐसे पुत्र मोह का रोग लगा।
मेरे बाद सम्हाले कुर्सी, धृष्टराष्ट्र का कपट जगा।।08।।

वंशवाद का पेड़ लगा है, कोईन इसको छू पावे।
सात जनम तक फलों को खावैं, कोई दूजा न आ पावे।।09।।

ऐसा सम्भव नहीं देश में, एक ही जन कर्णधार बनें।
बैजनाथ की ऐंसी इच्छा, देश हमारा सूत्रधारे बने।।10।।

25. नारी की वेदना

ईश्वर ने जब सृष्टि की रचना की, तब बहुत ही दिमाग लगाया है।
नारी और जड़ चेतन में नारी को सुघड़ बनाया है।।01।।

कोमलांशी वह कहलाती कोमल उसकी काया है।
धूप छॉव को वह सह लेती, फिर भी मन मुसकाया है।।02।।

बाबुल के घर बेटी कहलाती जिसने गोद खिलाया है।
भाई के संग भगिनी कहलाती जिसको खेल सिखाया है।।03।।

पति के घर भार्या बन जाती जीवन साथ निभाया है।
सास ससुर की बहू कहलाती, चरणों शीश झुकाया है।।04।।

वही नारी जब मॉ बन जाती, ऑचल दूध पिलाया है।
ममता के दामन को फैला सुत को अंक छिपाया हैं।।05।।

बचपन में वह मात-पिता के संरक्षण में समय बिताती है।
तरूणाई में पति के कब्जे रह कर, सेवा भाव निभाती है।।06।।

वृद्धापन में बेटे संग रह कर उसका हकुम बजाती है।
विधवापन जीवन अंधियारा, जिससे अबला कहलाती है।।07।।

एक पिता अपनी बिटिया के जीवन सुखमय करने में, कोई-कसर नहीं उठाती है।
वर पक्ष की माँग के क्रम में जी तोड़ दहेज लुटाता है।।08।।

फिर भी दहेज लोभी बिटिया को खूब सताते हैं।
ऐश आराम फरमाने को मनचाही माँग मनवाते हैं।।09।।

सहने की जब तक क्षमता रहती मॉ बाप को नहीं बताती है।
विरोध करे तो अबला बिटिया घर से निकाली जाती है।।10।।

बिरली ही हिम्मत वाली होती हैं, जो दुष्टो को सबके सिखाती हैं।
बरना प्रताड़ित होकर के आत्महत्या को गले लगाती हैं।।11।।

जिस बाप की बिटिया है नहीं, वह वह बेटी की पीड़ा क्या जाने।
जिस घर में बिटिया जन्मी है, उन माँ-बाप की प्रतड़फन को जानो।।12।।

जो नर पिशाच नारी को सताते, वे क्या भूल गए इस दम को।
नारी ही सृष्टि रचिता है, सम्बल देती है जग को।।13।।

वेद पुराणों में लिक्खा है, नारी की पूजा होती है।
बैजनाथ कहें अब सृष्टि में नारी ही प्रथम होती है।।14।।

26. भाई का दुश्मन भाई

जितने भी रिश्ते दुनिया में रिश्ता भाई का ऊँचा होता है।।
भाई भाई के संग मेरे नीति वान, वेदों में लिक्खा होता है।।01।।

भाई सा भाई हो जग में भाई सहारा होता है।
दहिनी भुजा बन कर के भाई, संकट में सहाई होता है।।02।।

गर भाई सहोदर होता है, भाई के संग वो लड़ता हैं।
भाई की रक्षा करने में वह प्राण न्यौछावर करता है।।03।।

अग्रज का कर्न्तव्य ए होता है, अनुज को अपनी छॉव रखे।
स्नेह का दामन रख सिर पर, प्रेम का साया साथ रहे।। 04।।

भ्रात भावना हो मन में तो बदले की आग भड़कती है।
हिरव्याक्ष के खातिर हिरणाकश्यप में नित नई शूल खटकती है।।5।।

बाली सुग्रीव बड़े बलशाली दोनों का प्रेम अनोखा था।
छोटी सी भूल के कारण ही आपस में गदा खटकता था।।06।।

रावण का भाई भक्त विभीषण राम नाम का आदी था।
नीति की बात बताने पर लंका में रहना मुश्किल था।।07।।

बार-बार समझाने पर भी एक समझ न आई थीं।
क्रोधित होकर फिर रावण ने ठोकर लात जमाई थी।।08।।

होकर के लाचार विभीषण रामा दल में आया था।
दुष्ट दशानन के प्राणों का फिर उसने राज बताया था।।09।।

द्वापुर युग में कुरू पाण्डव हो गए, सत्ता के पीछे युद्ध हुआ।
भाई का दुश्मन बना भाई, तो कुरू वंश का अंत हुआ।।10।।

कलयुग में नरसी मेहता ने कृष्णा कों सर्वस्व लुटाया था।
विक्रम सेठ ने अहंकार से उनको अलग हटाया था।।11।।

बुन्देल वंश के जुझारसिंह हरदौल सहोदर भाई थे।
बिन माता के हरदौल को भाभी अपनी गोद सुलाए थे।।12।।

भाई में कटुता जागी तो मंत्री से चुगली खाए थें।
भ्रम में पड़ कर निज भाभी से उनको जहर खिलाए थे।।13।।

भाई को दुश्मन न समझों भाई तो भुजबल होता है।
बैजनाथ को सम्मुखलात लगी, कभी मन में तो दुःख होता है।।14।।

27. बागवान

वसुधा पर ईश्वर की जितनी भी सुन्दर चीजें हैं।
उनमें बागों की छवि अनुपम और मनोहर हैं।।01।।

वर्ण-वर्ण के फूल खिल हैं, मंद पवन जब बहती हैं।
कलियाँ खिलती उषा देख कर मन में खुशियाँ मिलती हैं ।।02।।

माली करता दिन भर मेंहनत मिट्टी खोद के क्यारी बनाता है।
चुन-चुन कर वो कलम लगाता, जल देकर सहलाता है।।03।।

सींच-सींच कर उन पौंधों से खिलते फूल सुहावन हैं।
देख-देख कर मन मुसकाता लगते सब मन भावन है।।04।।

माली जाता जब बागो में अपना कर्म निभाता है।
पग-पग पर वह सहमा रहता, खिले फूल चुन लाता है।।05।।

टूटे हुए फूलों के डंठल मन उदास मुरझाते हैं।
अपने जीवन में देख अंधेरा सभी देख पछताते हैं।।06।।

प्रातः काल खिले डाली पर, किरण देख इठलाते थे।
माली आता देख चमन में अपने को बाधित पाते थे।।07।।

खिले फूल तोड़े माली ने जब जीवन का अवसान हुआ।
जीवन अपना भी अंतिम है, कल जाने का सामान हुआ।।08।।

बड़ा उपकार हुआ मालिन का, जब टोकरी सुमन भरलाती थी।
जल स्नान करा के उनको, हरिगले माल चढ़ाती थीं।।09।।

अहो भाग्य हैं पुहुप तुम्हारे जो माली से सदमार्ग मिला।
बैजनाथ मुक्ति के बागों में प्रभु चरणों का सत्संग मिला।।10।।

28. टूटते रिश्ते भाई के

भाई-भाई जब बचपन में एक ही वसुधा पर खेलते हैं।
तब तन लगते हैं जुदा पर आत्म एकी ही होते हैं।।01।।

पढ़ने जाते एक पाठशाला बांह गले में डाल चले।
हिल मिल रहते दोनों भईया, विद्या दीप जलाए चले।।02।।

ऊँची शिक्षा पाने निकले किस्मत अपनी आजमाय रहे।
गुण किस्मत से दिशा जो बदली इक दूजे से विलग हुए।।03।।

एक भाई अधिकारी बनता, दूजा तो हम्माल बने।
अपने-अपने कर्मों का लेखा बे मन से स्वीकार किये।।04।।

शादी हुई दुल्हन घर आई, घर में मंगल चार हुए।
पिता मरण पर उस घर में अब हिस्सा बॉट दो चार हुए।।05।।

यहीं से फूट पड़ी भाई में पत्नी के उत्पात हुए।
बंधी जो मुट्ठी भाई खाक की, ठंडे सब अरमान हुए।।06।।

दुश्मन बना भाई का भाई राहें अपनी बदल गए।
इक दूजे को कभी न देखें खून के रिश्ते भूल गए।।07।।

एक समय था भाई-भाई के बिन भोजन नहीं करता था।
जब तक खबर न मिले भाई की दिन भर व्याकुल रहता था।।08।।

पर अब समय ऐसा है आया, बगल में उत्सव मनता है।
इक भाई खुशियों में झूमे , दूजा ऑसू पीता है।।09।।

अरे भाई बनो तो भरत लखन से जिनने भाई का मूल्य बताया था।
राजमुकुट और सुख वैभव को कन्दुक सम, बैजनाथ ठुकराया था।।10।।

29. परिवार में माँ का स्थान

परिवार में जितने भी सदस्य रहते है, उनके रिश्ते प्रथक से होते हैं।
पर उनमें एक रिश्ता ऐसा होता है, जिसके चारों और सब रहते हैं।।01।।

वह पवित्र रिश्ता दुनियाँ में निराला है, जो सारे जहॉ में माँ कहलाता है।
उसने अनेको त्यागी किए हैं तुम्हारे लिए, इसी से उसक दर्जा ऊँचा कहलाता हैं।।02।।

नारी सत रूपों वाली है पहले भार्या फिर सुत की माँ कहलाती है।
कभी वह कन्या कभी वह युवती, कभी वह नव यौवना कहलाती है।।03।।

सात फेरे जब पड़ जाते तब पति को अपना सर्वस्व लुटा ती है।
उसकी सेवा करके वह अपना जीवन सफल बनाती है।।04।।

कष्ट अनेकों सहती है जब गर्भावस्था को धारण करती है।
नौ दस मास दुखों को सह कर, सींच लहू से, शिशु का पालन करती है।।05।।

प्रसव वेदना होती है जब दिन में भी तारे दिखते हैं।
नारी का जनम दूसरा होता, तब ही लालन जनमते हैं।।06।।

नारी पूर्ण नहीं है जब तक वह माँ नही बनती है।
स्तनपान करा सीने से जीवन को धन्य समझती है।।07।।

गीले में वह सोती रातों में, सुखें में पुत्र सुलाती हैं।
लोरी गाकर तुम्हें सुलाती ममता का ऑचल फैलाती है।।08।।

पढ़ा लिखा कर पालन करती फिर शादी उसकी करवाती है।
दो से चार हुए जब लोचन माँ असहाय स्वयं को पाती है।।09।।

एक जन्म की तो बात ही क्या कोई सातजन्म तक माँ के उपकारों का कर्जा नही भर सकता है।
पॉच बरस की तो मजाल क्या एक दिवस के दूध की कीमत क्या कोई भर सकता है।।10।।

इसीलिए कहता है बैजनाथ दुनियाँ में माँ से बढ़कर कोई चीज नहीं होती है।
माँ की मूरत न सही पर उसकी तो छाया ही बहुत होती है।।11।।

30. माँ के सपूत

जननी गर पैदा करे संत महात्मा हूर, या फिर दाता को जने या तो जन्मे सूर।
नही तो फिर बध्या रहे, काहै गमावे नूर।।01।।

माता शकुन्ताला ने जने भरतलाल से सूर,
जिनके नाम से भारत बने, जग जाहिर तस्वीर।।02।।

माता कैकई ने जने भरत लाल से भक्त,
माता सुमित्रा के भए, लखन लाल हरि भक्त।।03।।

माता गंगा के भए देंववृती बलवंत।
भीषण प्रतिज्ञा से भए भीष्मपितामह संत।।04।।

माता कुन्ती के अर्जुन ने महाभारत को जीता था।
कौरव दल की सेनाओं को शौर्य पराक्रम रीता था।।05।।

युग पुरूष जन्मे काराग्रह में, देवकी वसुदेव के बन्धन टूटे थे।
आधी रात चले मथुरा से गोकुल यशोदा घर पहुँचे थे।।06।।

पृथ्वी राज चौहान लड़े तराइन युद्ध में दुश्मन ने मुँह की खाई थी।
आनवान और शान प लड़के, भारत माँ की लाज बचाई थीं।।07।।

महाराणा प्रताप ने अपनी शान को कायम रक्खा था।
शीश झुके न किसी के सम्मुख, मान को अपने परखा।।08।।

जीजाबाई के लाल शिवा थे, नहीं झुकना हमको सिखलाया।
जान भले ही चली जाए पर नही पीछे, हटना हमको सिखालाया।।09।।

चन्द्रशेखर जानकी देवी के घर आजाद बन कर आए।
हार न मानी दुश्मन से जीते जी हाथ किसी के न आए।।10।।

बाबा साहब हमको विपत सेहलहना सिखलाया।
भारत का संविधान बनाकर भीमा कामना अमीर करवाया।।11।।

वीर सपूत हुए अनेकों धरा पर जिनने मां का दूध भंजाया है।
बैजनाथ ऐसी जननी के चरणों मे शत-शत बार शीश झुकाया हैं।।12।।

31. मित्रता का मूल्य

दुनियाँ में रिश्ते अनेकों हैं, पर मित्र सा नाता कोई नहीं।
भाई धोखा दे जाए पर मित्र सगा सा कोई नहीं।।01।।

जब दो अजनवी विपरीत दिशाओं से आकर मिलते हैं।
तो बातो बातों में ही मिलकर दोनों के चेहरे खिलते है।।02।।

उनमें न जात पांत का संगम है, खानपान व्यवहार कहीं।
केवल विचार मिलते दोनों के, जन्म का कोई आधार नहीं।।03।।

मित्र दयालु हो जाए तो रंक भी राजा बनते हैं।
पर दुःख कातरता जग जाए तो दुःख दारूण वह हरते हैं।।04।।

सच्चा मित्र अगर मिल जाए तो जीवन सफल हो जाता है।
सदमारग पर लाकर उसको मंजिल भी सुगम बनाता हैं।।05।।

पहचान मित्र की होती है, जब मित्र पे संकट आता है।
प्राण संकट में डाल के अपने सखा धर्म वह निभाता है।।06।।

आत्माज्ञान मिले आपस में तो नर वानर भी मित्र कहाते हैं।
इक दूजे में भाव जगा के अपना सर्वस्व लुटाते हैं।।07।।

अमीरी गरीबी नहीं आड़े आती, गर प्रेम की डोरी सच्ची हो।
कृष्ण सुदामा की जेसी जोड़ी, बाल सखा सी पक्की हो।।08।।

दुर्योधन ने कर्ण धर्नुधर अपना मित्र बनाया था।?
प्राणों की आहुति देकर नृप का कर्ज चुकाया था।।09।।

ऊदल और लाखन गंगा पर पगिया पलटे के यार हुए।
जैत खम्म के युद्ध में लाखन अने प्राण निछाउर किए।।10।।

मित्र वही जो विपत पड़े में मित्र का साथ निभाता हो।
बैजनाथ वह विरले ही होते हैं, जो अंतिम यात्रा में जाते हैं।।11।।

32. मेंरा विद्यार्थी जीवन

अशिक्षा का कलंक मिटाने पितु-मात ने भेजा विधालय की डगर।
छःमील पैदल चला किया नहीं विश्राम एक पल ठहर।।01।।

पुस्तकों, गणवेश, बस्ता कल, कॉपी की तंगी रही।
मासिक शुल्क चुकाना, दूभर था, मुश्किल थी नहीं जाती कही।।02।।
बात बिजली की कहूँ क्या, चिमनी का उजाला भी दुरूह था।
पढ़ाई करना अवरूद्ध रहता, गरीबी का ब्यूह था।।03।।

चाहता था कुछ साल तक ग्रहस्थी बंधन से बचूं।
ऊँचे पद को प्राप्त करके, माँ बाप का नाम रोशन करूँ।।04।।

पिता की हट के आगे किसी की एक न चली।
अशिक्षा, अल्पायु शादी अध्ययन की गाड़ी आठ तक चली।।05।।

मंजिल पाने के लिए मन में दृढ़ संकल्प लिया।
घोर अभावों भरे परिवार में निजमनो रथ पूर्णा किया।।06।।

यह दशा न केवल मेरी थी, सब जमाने का यही हाल था।
बदनसीबी का यह आलम बहुजन सभी फटेहाल था।।07।।

जब आना हुआ भार्या का, घर में अराजकता का माहौल था।
भाई ने जब लात मारी, जीवन फिर बेहाल था।।08।।

होश आया जीविका का घर छोड़ कर भटकता रहा।
पढ़ाई जारी रखने को प्रतिकूलता से लड़ता रहा।।09।।

किन्तु पूर्व जन्म के कर्म थे मेरे कामना से प्रबल।
हार नही मानी कभी प्रयत्न मेरे होते रहे सफल।।10।।

आकांक्षाए ऊँची रही जिसके लिए अधीर था।
सिर्फ साधन हीनता का हिय में चुभता तीर था।।11।।

पिता के कृषि संसाधनों से गुजर तो चलती रही।
किसी जरूरत में कभी अर्थ की कमी खलती रहीं।।12।।

अभावों की दशाओं में उच्च आकांक्षा मन में पली।
चाहता था खूब पढ़-लिख पर गरीबीतन में खली।।13।।

चाहता था समाज को इक नई दिशा दूँ।
उखाड़ फेंकू कुसीतियां को, बंधने की जंजीर तोड दूँ।।14।।

आज शिक्षक हूँ मात-पिता पुण्य प्रताप से।
अन्यथा कुछ भी नही था, बैजनाथ निज परिमाप से।।15।।

33. रक्षाबन्धन

जितने भी रिश्ते दुनियॉ में रिश्तों में भाई की मिशाल नहीं।
प्यार अनेकों है जग में पर भाई बहिन सा प्यार नहीं।।01।।

कहने को तों ये पतले धागे हैं, पर इनमें लिपटी सॉसें प्यार की।
दिखते हैं कच्चे धागे ये पर खिली कलाई प्रेम के इजहार की।।02।।

रक्षाबन्धन की शुरूआत होती है, काल चक्र के सतयुग से
लक्ष्मी ने जब राखी बॉधी राजा बलि को बन्धन से।।03।।

जब सावन की झड़ियाँ लगती है, तेा बहना को याद सताती है।
सखियों संग गीत जो गाए, सुध आती हिलोरें झूलों की है।।04।।

जिस बहना का भाई नहीं उस बहना पर क्या बीती।
मन मार कर बहा फिर रोती अखियों से ऑसू पीती।।05।।

कहॉ गई मोरों की म्याओं कहॉ कोयल की कुहू गई।
कहाँ गई बिजली की चमकन कहॉं मेघ की घटा गई।।06।।

राखी बंधती थी जब घर में बहनों के चेहरे खिलते थे।
भाई को तिलक लगी माथे पर, प्रेम के ऑसू उमड़ते थे।।07।।

राखी में प्रेंम घुला ऐसा जो भाई कको खोजा करती हैं।
बना के अग्रज किसी पथिक को ये रिश्ता कायम रखती है।।08।।

शादी आती है जब बिटिया की बहना भाई को भात खिलाती है।
किसी कारण वश भाई न आता जब नैनों से नीर बहाती है।।09।।

कलयुग में हरदौल भगत ने सच्चे भाई का फर्ज निभाया।
मरने पर भी भगिनी कुंजावत को दतिया ममें भात पहनाया ।।10।।

भाई बहन काए रिश्ता सबसे ऊँचा कहलाता है।
बैजनाथ की चाहत ऐसी सदा अमर कहलाता है।।11।।

34. गाँव का जीवन

भारत देश हमारा प्यारा जिसमें गाँव का जीवन बसता न्यारा।
हिन्दुस्तान में हिन्दू बसता, गाँव का जीवन है न्यारा।।01।।

पहले गाँव में खुशियाँ मनती रागग रंग सब होते थे।
पर्व त्यौहार जब आते गाँव में नए-नए उत्सव मनते थे।।02।।

मेहमान जब आते किसी के घर तो सभी प्रेम से मिलते थे
कई दिनों तक करते मेहमानी, दिल खुशियों से खिलते थे।।03।।

शादी ब्याह आते जब घर में दूजों के भी मन जुड़ते थे।
अपनी करें तैयारी पंगत के दिन सब सजते थे।।04।।

रूचिकर व्यंजन जब बनते थे सब मन भर भोजन करते थे।
जो कोई आता था न्यौते में, सब खाय बड़ाई करते थे।।05।।

परम्पागत खेती जब होती थीं, गोबर का खाद बिखरता था।
मेघ बरसते झड़ी लगाकर खेतों से अन्न उपजता था।।06।।

हार-बाजार लगते सात दिवस में लोग सौदा करने आते थें।
इक-दूजे के गले वो मिलते, घटों आपस में बतराते थे।।07।।

संकट आता जब कोई गाँव में सब मिल उसे सुलझाते थें।
अर्थाभाव अगर होता था सब मिल कर बोझ उठातें थे।।08।।

जाड़े के मौसम में देखो आंगन में अलाव जलाते थे।
भाईचारे का माहौल बनाकर गीत कहानी गाते थे।।09।।

नया जमाना आया जब से गॉवों की तस्वीर बदल डाली।
भाई-भाई कोन चाहे, रिश्तों की तस्वीर बदल डाली।।10।।

शादी विवाह होते इक घर में दूजें को इसका पता नहीं।
चाहे मंडप गड़े ऑगन में, बगल में इसकी भनक नहीं।।11।।

भलें ही गॉवों की तस्वीर बदल जाए, पर गॉव तो फिर भी कामय हैं।
बैजनाथ गॉवों का जीवन शहरों से तो आज भी सर्वोतम है।।12।।

35. पीने की मदहोशी

नशा कभी अच्छा नही होता सुन लो तुम परिणाम सभी।
नशे की लत जिसको पड़ जाती न रहता इंसान कभी।।01।।

पीकर दारू होश भुलाते, पैर लड़खड़ाते फिरा करतें।
शुद्ध साफ हो फिर भी, गन्दी नाली में गिरा करते।।02।।

ब्याह रचा कर जिसे लाए थे, तहे दिल से सजा डोली।
उसी के सपने अरमानों की जलाने लगे अब तुम होली।।03।।

ना समझ तुम थे नहीं, अब कहों तुम्हें क्या हो गया।
तुम्हें अपने मासूमों पर भी नहीं आती क्यों दया।।04।।

काम कुछ करते नहीं तुम घर का सामान बेच आते।
अगर पत्नी कुछ कहती तो उस पर मेघ से बरस जाते।।05।।

गृहणी के हार सोने मंगल सूत्र कीमती गहर माला।
कीमती मकान ऊँचेकोडियो में उन्हें तुमने बेच डाला।।06।।

पढ़ाते लिखाते अगर बच्चो को तो मन कुछ शॉत होता।
लेकिन तड़फत भूख से भी छोड़ देते हो उन्हें रोता।।07

पीकर बदसलुकी करते देते फिरते लोगो को तुम गाली।
परिजन को फिर तानें मिलते तुम बनते सूखी डाली।।08।।

चाल बदलती पैरों की कोई मधुर व्यवहार नहीं।
दूर रहते लोग तुमसे कभी कोई सरोकार नहीं।।09।।

पीने की मदहोशी में रहता तुम्हें कोई होश नहीं।
रह जाता मृतप्रायातन, संग तुम्हारे कोई नही।।10।।

हो जाती है लाल आखें होंठ काले होते तभी।
दिन रातों में खॉसत फिरता दुर्बल होती देह सभी।।11।।

बीड़ी सिगरेट की भीख मांगते, फिरते बीच बाजारों में।
क्वाटर की वे आस लगाते जाकर के मथखानों में।।12।।

हमें है दरकार तुमसे से दारू मुर्गा चिलम छोड़ो।
जियो बैजनाथ सुखी जीवन न मौत-मधु छत्ते तोड़ो।।13।।

36. मेरे नगर की तस्वीर

यह भारत मध्यप्रदेश जिला शिवपुरी, नगर खनियाधाँना।
तुम्हें बुलाकर स्वागत करता तुम एक बार यहाँ जरूर आना ।।01।।

नृप खलकसिंह जूदेव यहाँ, इक रहे स्वतंत्रता सेनानी।
वापिस फिरंगी को करने, की जिद उन्होंने यी ठानी।।02।।

सीता पाठा पावन शिवमंदिर पर आजाद चन्द्रशेखर आए।
जिसने आजादी की खातिर गुपचुप तेवर दिखलाए।।03।।

सीतापाठा से आगे चलकर हनुमान टेकरी भी देखें।
नीचे चलकर बड़ी बउआ बिराजी उनके दर्शन भीं कीजें।।04।।

गोविन्द बिहारी साजें निराले वही गुप्तेश्वर महादेव देखे।
उसी प्रांगण में नम्बर एक विद्यालय बच्चे पढ़ते देखें।।05।।

गायत्री देवी माता मंदिर वहीं गण पति देखें।
प्राचीन माता मंदिर और बड़ा जैन मंदिर भी देखें।।06।।

गूड़र रोड़ पर मार बगीचा मंदिर जहाँ भोले हनुमान विराजे।
महरौली का जैन मंदिर वहीं मंगलम् का मैरिज गार्डन राजें।।07।।

पूर्व दिशा में ग्राम पौठयाई मंदिर में भोले साजे।
बरिया वाली काली माता, सबके कष्ट तुरंत मिटावे।।08।।

नंदीश्वर विद्यासागर जी गुरूकुलम खिरकिट मंदिर।
हिंन्दू जैन मंदिरो सहित चत्वार मुस्लिम मस्जिद देखें।।09।।

चलकर सुदूर कुछ ऊपर घाटी गढ़ा सरकार हैं न्यारे।
नीचे ईसागढ़ रोड़ किनारे, चांवढ़ माता पर चढ़ते रहे जवारे।।10।।

पश्चिम दिशा में मलखानी पर ठाकुर बाबा कृष्ण विराजे।?
आगे ऊँची पहाड़ी पर सिद्ध गुरू हैं साजे।।11।।

चौधरी लॉज के पिछवाड़े पर पीर बाबा रहें सजाके।
हजरत बली शाह किलें बगल में सबके बने सहारे।।12।।

तहसील पास में अम्बेडकर पार्क सुहाना है।
उसके पहले मंगल भवन गरीबों की आसयाना है।।13।।

जैन मंदिर गोलाकोट भव्यता वास्तु कला में आला है।
फाइव स्टार होटल वहॉ देखा उसकी ठाठ निराला हैं।।14।।

के.पी. सिंह कक्काजू ये पिछोर अनुभाग विधायक हैं।
सन उन्नीस सौ तिरावनै से अब तक प्रगति के सायक हैं।।15।।

आदत नहीं बड़ाई की पर सच तो कहना पड़ता है।
बैजनाथ कोई कवि नहीं है पर शब्दों को गढ़ना पड़ता हैं।।16।।

37. मुझे अपनो ने मारा

अपने जब अपने होते हैं, तो अपनापन झलकता है।
अपने जब पराए होते है तो बेगानपन ही लगता है।।01।।

परिवार में अपने होते हैं तो बेगाने कहीं क्यों लगते हैं।
वक्त जब बदलता है तो अपने भी पराए लगते हैं।।02।।

जिसको मैंने अपना है समझा उसने ही दुत्कारा मुझे।
किसी ने मेरी पीर समझी फिर मैं अपना समझू किसे।।03।।

बड़ी मुश्किलों से मंजिल पाई यौवन नहीं जाना मैंने।
खाई ठोकरें बहुतेरी सी, तब यह मुकाम पाया मैंने।।04।।

मेरी छोटी सी कामयाबी को किसी ने भी तबजनो नहीं दी।
फिर भी मैंने दुआ माँगी सभी की सलामत की।।05।।

लात मार घर से भगाया अजनवी की तरह।
ठोकरें खाता रहा जमी पर, उड़ते हुए पत्ते की तरह।06।।

सम्हली दशा जैसे तैसे तो मन में डाह पैदा हुआ।
निगाहें टेढ़ी होने लगी देख कर दुख अजूबा हुआ।।07।।

जितने भी सगें भ्राता हुए कोई कसर छोड़ी नहीं।
सबने मुझको दुत्कारा गले से लगाया किसी ने नहीं।।08।।

सबसे छोटा होकर भी निरापद घर में रहा।
फिर भी आया किरण, मंजिल को लखता रहा।।09।।

मुझे तो अपनों ने सताया गैरों में कहाँ दम था।
गाड़ी वही जाकर रूकी जहाँ व्यवधान कम था।।10।।

मुसीबतों में सहारा बना प्रेम की जब रितु आई।
बैजनाथ दुर्गम तूफानों से मेहनत की खंजर टकराई।।11।।

38. बुद्ध महिमा

गौतम बुद्ध पैदा हुए 563 ईसा पूर्व,
कपिलवस्तु के पास में लुम्बिनी वन लगभग चौदह मीलदूर।
पिता नाम शुद्धोधन कहाया जो कपिल वस्तु शासके रहे।
माता महामाया कहलाती जो देवदेह की राजकुमारी कहे।।01।।

सात दिवस के बाद ही माँ का हुआ देहान्त।
पालन पोषण मौसीने किया दुख का हुआ क्लान्त।।02।।

बचपन सीधे होने से सिद्धार्थ नाम कहाया।
एकान्तप्रिय और मननशील दया का भाव दिखाया।।03।।

दुःखों के निदान पाने को वे करूण से द्रवित हो जाते थे।
पिता रहते बहुत चिन्तित मन में विलास जगाते थे।।04।।

सोलह वर्ष की आयु में कोलिय गणराज्य की यशोधरा से पाणिग्रहण हुआ।
कुछ समय के बाद में फिर गृह में राहुल का जन्म हुआ।।05।।

चाइ दृश्य देखे तभी मन में वैराग्य ने घर किया।
एक रात भार्या सुत को छोड़कर गृहत्याग प्रस्थान किया।।06।।

सात दिवस सातों निशा वीपल के नीचे समाधि लगाई है।
अष्टम दिवस वैशाखी पूर्णिमा, सच्चे ज्ञाना की गुदड़ी पाई है।।07।।

बुद्ध ने ब्राहमण धर्म की व्यवस्थओं को जमकर खूब विरोध किया।
जाति वादी मूर्ति पूजा, आडम्बरों का जड़ से बन्धन तोड दिया।।08।।

समता मूलक समाज का प्रतिपादन करके सब जन को नया रूप दिक्षा।
ऊँचा नीच का भेद त्याग कर सबका फिर उद्धार किया।।09।।

बुद्ध का व्यक्तित्व सहनशील क्षमा, दिया स्नेह, और करूणा से भरपूर था।
इसीलिए सम्पूर्ण देश में बौद्ध धर्म का स्थापित प्रभाव सम्पूर्ण था।।10।।

अस्सी वरस की आयु भई 483 ई.पू. वैशाखी पूर्णिमा दिवसान।
कर समता का संदेश फिर किया स्वर्ग अभियान ।।11।।

सभी धर्म समान हैं करो सभी सम्मान ।
ऊँच नीच को त्याग कर करै बैजनाथ गुणगान।।12।।

39. पुष्प की वेदना

बाग बगीचों में खिली हैं कलियाँ मानव का मन ललचाते है।
रंग रंग के फूल खिले है, उषा देख मुसकाते हैं।।01।।

प्रातः काल टहले जो उपवन मन प्रसन्न हो जाते हैं।
भोरे करें गुंजार सुमन पर बैठ परागण खाते हैं।।02।।

पुष्प लताएँ जब इठलाती, मंद पवन के झोंको से।
भीनी भीनी गन्ध महकती, मानस तन के चेहरों से।।03।।

गुलशन तो अपने गुल खिलाकर कर्तव्य खूब निभाते हैं।
देकर अपना तन मन सबको, प्रकृति नई सजाते हैं।।04।।

माली जब आता बागो में प्रसन्नचित वह रहता है।
देख के अपनी कर्तव्य फसल को संतुष्टि मन रखता है।।05।।

पर न चाहते हुए भी वह फूलों को निदेयता से चुन लेता है।
सेवा भाव जगा के मन ममें प्रभु शिखर रख देता है।।06।।

धरती में ढ़लने से अच्छा,माली के हाथ पड़ जाना है।
बलिहारी माली की देखो, हरि शीश चढ़ जाना है।।07।।

मृत निराश हो मन में पहुप तू जीवन तेरा धन्य हुआ।
बैजनाथ गले माला पड़ करे नाम जो तेरा अमर हुआ।।08।।

40. भारत की वीरांगनाएं

भारत भूमिम वीरों की जन्म दात्री माता हैं।
इस पावन धरा पर वीरां का चमन मुसकाता है।।01।।

देश के प्रथम हिन्दू राजा दाहिरने दुश्मन से जंग मचाया था।
रानी ने भी युद्ध क्षेत्र में अपना रण कौशल दिखलाया था।।02।।

गोंडवाना की महारानी दुर्गावती ने भीषण युद्ध मचाया था।
अपना सम्मान बचान को उसने प्राण उत्सर्ग कराया था।।03।।

रामगढ़ की अवन्ती रानी वीरो में मर्दानी थी।
अंग्रेजों के साथ इन्होंने लड़मरने की ठानी थी।।04।।

लक्ष्मीबाई झाँसी रानी भारत की मर्दानी थी।
अन्त समय तक हार न मानी दे दी उनने कुर्वानी थी।।05।।

निम्न जात झलकाररी बाई रानी की सेवकारी थी।
वेश बदलकर युद्ध क्षेत्र में दुश्मन की सेना ललकारी थीं।।06।।

इस देश की शान बनी नारी से, जो नर की अर्द्धागीं है।
बैजनाथ हमें गर्व हमेशा, जो देवी तुल्य शिवांगी है।।07।।

41. नौकर की आकांक्षा

बड़ी मुसीबतों और अभावों से टकरा कर जब
माँ बाप ने अपने बच्चों को पढ़ने विद्यालय को भेजा।
तब हमने बड़े अरमान सजाकर सहपाठी संग
अपनो बचपन का आनन्द खोजा।।01।।

पढ़ लिख कर जब बने नागरिक अपने जीवन को सम्हाला।
नौकरी पाने की चाहत ने हमको अपनों से विलगकर डाला।।02।।

थोड़ी सी गर मिली जानकारी, तो हम खड़े तैयार दिखे।
धक्के खाए बहुतेरे फिर भी, हम न तनिक उदास दिखे।।03।।

अफसरों के दलाल मिले चौराहे पर लम्बे चौड़े सब्जबाग किए।
नौकर यदि बनना है तुमको तो फिर घूस के दाम देओ हमारे लिए।।04।।

सूद से रकम लई उधारी, माँ पत्नी के कंगन बेचे।
ले रिश्वत फिर हुए गुमशुदा, कई दिन न पदचिहन देखे।।05।।

कर्ज का बोझ जब आया सिर पर, महाजन के समक्ष लाचार हुए।
ब्याज लगाकर हुए हजारों, मूल में दो के चार हुए।।06।।

फिर भी आशा लगी सर्विस की बिचौलिए मालामाल भए
मिले अचानक घूस खोर तो आश्वासन देते, फाइल में अभी न साइन हुए।।07।।

इसी आस में भए ओवर एज फिर सभी घर निराश हुए।
साहूकारों को जमीन चली गई, जीवन सब बर्बाद हुए।।08।।

व्यर्थ में सारी गई उपाधि ज्ञान के गुण बरबाद भए।
माँ बापों को भई निराशा ठंडे सब अरमान भए।।09।।

बेईमानों ने देश बिगाडा नौजवानों को तबाहकर डाला।
नव युवकों को जलील करके, रिश्वत की भेंट चढ़ा डाला।।10।।

यह जमाना रिश्वत का जब तक रहेगा देश में।
जब तक गरीब न नौकर होगा भारत के परिवेश में।।11।।

कुचल डालो रिश्वत खोरों को योग्यवरों को सम्मुख लाओ।
बैजनाथ बुद्धिमानों को ऊँचे पद पर बिठलाओ।।12।।

42. बिका हुआ मतदाता

भारत में जब से आजादी है आई तबब से लोकतंत्र की लहर छाई।
प्रजातंत्र की दुनियाँ में मतदाता ने वोट डाल कर अपनी ताकत दिखलाई।।01।।

मतदाता ने अपनी दम पर बड़े-बड़े नेताओं की सरकार हिलाई।
मतदाता इक निर्णयक है, जिसने मतदान की रीत चलाई।।02।।

जागरूक मत दायक बनकर जन ताकी आवाज उठाई।
बड़े-बड़े दल नायक आए दर पै ढ़ोक लगाई।।03।।

न्याय पूर्ण निष्पक्ष निर्वाचन जब गॉवो में होता था।
योग्य और ईमानदार प्रूरत्याशी विजयी चुनाव मेंहोता था।।04।।

जब ससे चुनाव हुआ प्रतिष्ठा का, धन बटाने की होड़ मचाई ।
सुन द्वारा चाहे बिक जाए अपनी टेक भजाई।।05।।

संविधान में बाबासाव ने लोकतंत्र को, सफल बनाने जनमत का प्रवधान किया।
पुंजीपति और दबंगो ने घूंस चलाकर लोकतंत्र का अपमान किया।।06।।

वोटर की भी मजबूरी है, प्रत्याशी को बिन पैसे दिए विश्वासन नहीं।
लालच में आके विकता मतदाता करता फिर एतवार नहीं।।07।।

वोट की कीमत वह क्या जाने, उसका ज्ञान अधूरा है।
दस दिन से वह दारू पीता, फिर पीता वो धतूरा है।।08।।

लोकतंत्र बदनाम हुआ है, मतदाता के बिक जाने से।
जनतंत्र बदहाल हुआ है, मछली मुर्गा खाने से।।09।।

मत बेचो अपने बोटों को वही तुम्हारी ताकत है।
बैजनाथ इस दुनियां में वोटर ही जन का नायक है।।10।।

43. मृत्यु भोज- एक सामाजिक बुराई

हिन्दु सनातन धर्म जगत में सबसे प्राचीन कहलाता है।
मरने के तेरह दिन में जो आयोजन होता है, वह मुत्यु भोज कहलाता है।।01।।

पुराने रीति रिवाजों को कायम रखने हेतु, दुःख दर्द भुलाए जाते हैं।
समाज भाई के साथ ही घर पर तेरह ब्राहमण जिवाए जाते हैं।।02।।

जिसको जब मालूम है पड़ता अंतिम संस्कार में आ जाते हैं।
रिश्तेदार इष्ट मित्र सब शोक प्रकट कर जाते है।।03।।

शोक कुल परिवार में आके सभी जब मातम पुरसी कह जाते हैं।
फिर ऐसी जरूरत क्या आन पड़ी जो मृत्यु भोज करवाते है।।04।।

अस्थि विसर्जन की रस्म समाज में, वह तो समझ में आती है।
प्रयागराज में जाकर बेटों को गंगा स्नान कराती हैं।।05।।

होती शुद्वता तीसरे दिन ही, उसमें मुंडन करवाते हैं।
सौ पचास लोगों के भोजन घर बैठे करवाते हैं।।06।।

नही गुंजाइश रहे घर में फिर भी, तानों को सुनते रहते है।
इतना छोड़ा बाप ने तुमको फिर क्यों पीछे हटते हैं।।07।।

बड़े बूढ़ो की बात को रखनें, अपनी दशा भुलाते हैं।
घर जमीन चाहे बिक जाए, पंचों को भोज कराते हैं।।08।।

यदि भोज कराना है तुमका, तो कन्या भोज कराओ तुम।
आत्म शांति मिलेगी सबको, विप्रों को झुठलाओं तुम।।09।।

समाज को ऊॅचा उठाना है तो रूढ़िवाद का त्याग करों।
पढ़ा लिखा कर अपने बच्चे बैजनाथ जग नाम करों।।10।।

44. दम्भ का नाश

शक्ति सम्पन्न जो होता हैं, दम्भ उसी को आता हैं।
धन बल के आगे फिर वह विवेक शून्य हो जाता हैं।।01।।

जिसने दम्भ किया है बल का उसने मुंह की खाई है।
धूल में मिलती उसकी शेखी, आगे मौत की खाई हैं।।02।।

अहंकार है अति दुखदाई अंत अति से होता है।
सदाचार बहु सुखदाई जग में, नाम उसी से होता है।।03।।

गर्व किया था नारद जी ने कामदेव जीता पल में।
विष्णु जी ने गर्व किया नसाने चेहरा बदला मरकट में।।04।।

दम्भ किया था राजा बली ने दानवीर वह कहलाए,
उसका गर्व मिटाने प्रभुजी वामन अंगुल बन आए।
तीन पैर में सब जग नापा आधे में बलिपीठ धराए,
सारा जग हो गया हमारा फिर तुम, कैसे स्वामी कहलाए।।05।।

बड़ा घमण्डी हिरणाकुश था पूजा अपनी करवाए,
भक्त प्रहलाद को बहुत सताया पर्वत से उनको फिकवाए।
खम्भा चीर प्रभु प्रकट हुए है, नरसिंह रूप बना आए,
संन्यासी का अन्त कराने नख से उदर हैं चिरवाए ।।06।।

लंकापति रावण को देखो वह वीर बड़ा बलशाली था,
भुजबल के वह अहंकार में तीन लोकंका स्वामी था।
गर्व के वशीभूत में होकर जग की मात चुराई थी,
मुक्ति न देने की जिद में उसने, राम से मुक्ति पाई थी।।07।।

मथुरा का नृप कंसासुर था, उसने भारी उत्पात मचाया था,
भगिनी बहनोई कारागार में डाले, उनको बहुत सताया था।
हरिद्रोही वह अत्याचारी चूर नषे में रहता था,
अत्याचार बढ़ा जब उसको, कृष्ण ने केश पकड़ संहारा था।।08।।

राजमद के फेर में दुर्योधन बहुत बड़ा महत्वाकांक्षी था
सिंहासन के मद में उसने पाण्डव को वन भटकाया था।
निज भइयों से उसने आपस में, महाभारत करवाया था,
आधे राज्य के लालच में उसने कुल का नाश कराया था।।09।।

अहंकार बाली को आया, उसने भाई मार भगाया था,
जो भी उससे लड़ने आता, उसका आधा बल घट जाता था।
शिष्यमूक पर मिले रघुराई, दुखिया ने अपना सारा हाल सुनाया था,
हुआ विषाद जब रघुनंदन को, एकई बाण से, मौत की नींद सुलाया था।।10।।

भयो अभिमान जब विक्रम सेठ को, नरसी दूर भगाया था।
भई कृपा जब यदुनंदन की अनुपम भात भराया था।।11।।

जिसने दर्प किया जीवन में उसका बेंग ही नाश हुआ।
धन दौलत और काया मद का यथाशीघ्र बैजनाथ संहार हुआ।।12।।

45. ताले चाबी का संगम

अपने घर की रखवाली, घर की घरवाली करती है।
घर वाले बाहर जाते तो रखवाली ताला चाबी करती है।।01।।

चाबी की पहचान निराली ताले से आगे रहती है।
एक तरफ से उसे घुमाया तो ताला खोलके रहती है।।02।।

दूजी तरफ जब उसे घुमाया, तो ताला भी लग जाता है।
चाबी निकल जेब में जाती, ताला लटका रह जाता है।03।।

ताले घर की रखवाली करते, चाहे सर्दी गरमी पावस हो।
चाबी सो घण्टे फर्ज निभाते, चाहे पूनम और अमावस हो।।04।।

ताले से सभी जन डरते है, दूर से ही चमकते दिखते हैं।
बड़ी लगन से गृह स्वामी के, घर की पहरेदारी करते है।।05।।

है पूर्ण विश्वास गृह स्वामी को, तभी कुदे में लटकाए जाते हैं।
मिलता विश्राम तभी इनको जब मालिक के द्वारा खोले जाते है।।06।।

होता मिलन अनोखा चाबी मालिक का, चिरकाल तक पृथक ये रहते हैं।
मिलते हैं जब आपस में तब ये इक दूजे के होते हैं।।07।।

ताले कई किस्म के होते है, ये जनम अलीगढ़ लेते हैं
इनको बनाने वाले भी कुशल दक्ष, कारीगर होते है।।08।।

फौलादी ताले लिंक कम्पन, इनका ही अब जमाना है।
ऊँची कीमत में बिकते है, जन मानस में इनका ही नाम समाना है।।09।।

ईमानदारो को ताले लगते हैं, वही इनसे डरते हैं।
चोर उच्चके बदमाशों की एक ठोकर से, टूट कर नीचे गिरते हैं।।10।।

तालों की महरवानी से ही घरों की सुरक्षा होती है।
बैजनाथ यों कहता है, घर निगरानी में तालों की भूमिका होती है।।11।।

46. बिरसा मुण्डा

मुण्डा जाति भारत वर्ष मे प्रमुख जनजाति कहाती है।
रॉची और आस-पास में रहकर, अपना सादा जीववन बिताती है।।01।।

झारखण्ड के चारकाड़ में बिरसा मुण्डा का एक अनोखा जन्म हुआ।
बचपन बीता साधारण बालक में, जनजाति में एक विलक्षण काम हुआ।।02।।

संगीत में ऐसी रूचिफिर जागी, तन्मय हो वंशी बनाते थे।
लगन लगी बजाने ऐसी, काम की सुध बुध खो जाते थे।।03।।

चाईबांसा के मिशन स्कूल में पढ़ने उनको भिजाया था।
मुण्डा जातित के शोषण को, उनमें नजदीकी से देखा था।।04।।

अंग्रेजों के अत्याचारों को देखकर वे टीका टिप्पणी करते थे।
दबाब बनाया उनके ऊपर, फिर भी तो वे नहीं डरते थें।।05।।

विद्यालय तो छूट गया पर, हार उन्होंने नहीं मानी।
निष्कासन ने दिशा बदल दी दुश्मन से लड़ने की ठानी।।06।।

बीमार दुःखी की सेवा करते, जड़ी बूटी से उपचार करे।
दूर गॉव में भी वे जातें, दुखियों का संताप हरें।।07।।

बिरसा ने आवाज उठाई शोषण अन्याय दबाने को।
मानवता की रक्षा करने कसमें खाई मरने को।।08।।

बिरसा ने जब भरी प्रेरणा, मुण्डा तीर कमान और भाले लाए।
नहीं माने आदेश कामिश्नर तब जिला अधीक्षक घर से उन्हें उठा लाए।।09।।

गद्दारों ने की बेईमानी लालच में सोते उन्हें पकडवाय।
बिरसा का रहा लक्ष्य अधूरा, पर चेतना का दीपक जगमाया।।10।।

बीमार तो मुण्डा थे पहले से, पर जले में हिम्मत नहीं हारी।
सो गया वह चिर निद्रा में, जलती रह गई चिनगारी।।11।।

अंग्रेजों को जब डर ने सताया उपद्रव हो सकता है भारी।
कारागृह में मुण्डा की देह को, बैजनाथ अग्नि में जला डारी।।12।।

47. सुबह की सैर

प्रातःकाल होता वसुधा पर जब सब प्राणी जग जाते है।
नर नारी नित्य कर्म वे करते, पक्षी स्वर से गाते हैं।।01।।

सूर्योदय की मधुरबेला में दम्पति सैर को जाते हैं।
उषा काल की फैली लालिमा, शीतल, मन्द पवन वे पाते है।।02।।

ग्रीष्म काल में बडे सबेरे भ्रमण को नाना होता है।
अगर बिलम्ब हुआ जाने में तो देह पसीना होता है।।03।।

वर्षा के दिनों का क्या कहना, जब रिमझिम फुहारे पड़ते हैं।
मन आनन्दित होता है, फिर चहरे पर बूदें गिरती है।।04।।

जाढ़े का मौसम शीत कहाता, फिर भी घर से बाहर जाते हैं।
सूरज की जब किरणें फैली, तन से लिवास हट जाते हैं।।05।।

सैर मजा जब आता है, तब कोई पॉच बजे घर से बाहर जाए।
सूर्य उदय हो रस्ते में फिर लाल किरण क्षितिज में गोले की दिखजाए।।06।।

कोई व्यायाम करे लोट कर कोई दौड़ लगाकर जाता है।
किसी को योगा लगे है प्यारा करे मन प्रसन्न हो जाता है।।07।।

कई तरह के लोग है मिलते, फिर सबसे पहचान बढ़ी।
तीन किलोमीटर की पुलिया पर, होती सबकी पंचायत खड़ीं।।08।।

अनुलोम विलोम और कपाल भाति, पदमासन है वो अच्छा।
सूर्य नमस्कार सभी को भावे ओम उच्चारण है सच्चा।।09।।

घर से बाहर चले घूमने ततो रस्ता मिलता रेतगोई वाला।
दाई तरफ में गौशोला तो बाए दिखती मॉडल शाला।।10।।

प्रातःकाल सैर की आदत बीमारी दूर भगाती है।
बैजनाथ उदर और तन मन सुन्दर सुधढ़ बनाती है।।11।।

48. भारत की प्रथम महिला शिक्षिका सावित्री वाई फुले

भारत में शिक्षा का दीपक जलता था, उच्च वर्ग के द्वारों में।
निम्न वर्ग के बच्चे भटके रहते, अशिक्षा के अंधकार गलयारों में।।01।।

दलितों और अछूतों के मन में जगी लालसा पढ़ने की।
पर भेदभाव का दंश झेलते, बंदिश रहती न पढ़ने की।।02।।

यद्यपि शासन था फिरंगी का पर पढ़ने की न मनाही थी।
पर ऊँच नीच के आडम्बर में न पढ़ने लाचारी थी।।03।।

इस अंधकार के दल दल से छुटकारा पाने की मन में ठानी।
3 जनवरी 1831 को नयागॉव सतारा में जन्मी सावित्री बाई कल्याणी।।04।।

खांडो जी था नाम पिता का, पार्वती उनकी माई।
शुभ घड़ी में जन्मी थी वो, घर में खुशियाँ ले आई।।05।।

पढ़ने को वह गई पाठशाला, पर शिक्षक ने उसको धमकाई।
शाला के बाहर ही बैठी, धरती पर अक्षर लिख आई।।06।।

वर्ष 1840 में 10 साल की आयु, नरमाई में बाल्य अवस्था रही छाई।
13 वरस की उमरथी नाजुक, ज्योतिबा फुले गल माला डलवाई ।।07।।

खुद पढ़ते सावित्री को पढ़ाते, जन मन में शिक्षा ज्योति जगाई।
दलितों की बालाएंपढ़ाने, पथ की बाधाएं उन्हें रोकन पाई।।08।।

1940 में लड़की महिलाएं पढ़ाने पहली पाठशाला खुलवाई।
दलितों की प्रथम शिक्षिका बंकर उसने ख्याति जग में पाई।।09।।

कीचड़ फेंका पत्थर फेके सावित्री को राह से भटकाई।
पति का सम्बल पाकर उसने देश में नारी शिक्षा अलख जगाई।।10।।

जातिवाद और नर नारी का, भेद मिटाने उसने लड़ी लड़ाई।
नारी होने पर सावित्री ने, मरदों सी दम दिखलाई।।11।।

10 मार्च 1897 को महाराष्ट्र में महामारी प्लेग्र की आई।
बैजनाथ अफसोस हुआ जब सावित्री ने, अंतिम ली अंगड़ाई।।12।।

49. संत कबीरदास

भारत में इस्लाम को जब से भयौ प्रकाश।
राम नाम धूमिल भैयो, सब जन भए उदास।।01।।

हिन्दी के इतिहास में, सिरजौ भक्ति काल।
संत कवि पैदा भए तब देखो एहि काल।।02।।

सन 1390 लहरताए सरोवर काशी जान विधवा ब्राह्मणी के।
ऊपजे। त्यागे लोक लाज को जान।।03।।

नीरू नीमा दम्पति थे गरीब अधिकाय,
घोर अंधेराताल में नित स्नान को जाय।
रोने की आवाज सुन नीरू पहुँचे जाय,
कमल पात से बाल को हर्षित लियौ उठाय।।04।।

निःसंतान वे दम्पति मन में गए हरषाय,
तन-मन से पालन कियौ कबिरा नाम कहाय।
जात जुलाहा जानिए का तो सूत अघाय,,
रामनाम रामानन्द कहे, गुरू निज लियौ बनाया।।05।।

लोई पत्नी लोन सी पुत्र कमाल समान,
भगिनी कमाली, कमाल चमकै दीप समान।
शासन था मुसलमान का सिकन्दर लोदी भए सरताज।
कबिरा थे समकाल में, पर था लाचार समाज।।06।।

पढ़ने कबिरा गए नहीं, कलमगही नहीं हाथ।
आंतम ज्ञान जगाय के, रहे निर्गुण ब्र्रह्म के साथ।।07।।

हिन्दू मुस्लिम समाज में जो रहे आडम्बर छाय।
अपने अन्तर ज्ञान से दिए सभी झुठलाय।।08।।

निज उपदेश सुनायवे घूमत रहे सुदेश।
भाषा सधुक्की बनाय के रचना करी विशेष।।09।।

बीजक, रमैनी और साखी, शब्द एवं रची हर षाय।
ज्ञान प्रेम वैराग्य धर्म इनमें सीख सुहाय,
क्षमा, दया और मोहवश निद्रा क्रोध बताय।।10।।

गुरू महिमा को गाय कर गोविंद दियौ बताय।
हरि से ऊॅचा मान के दीजा ज्ञान बताय।।11।।

जाति पांत के भेद में उलजा है जग सार।
सब आए इक ठॉव से उतरे एकई पार।।12।।

युग दृष्टा कबिरा भए जानत है संसार।
निर्गुण ब्रह्म जनाय कै कर गए समाज सुधार।।13।।

सन 15 सौ अठारह को मगहर के दरम्यान।
बैजनाथ अवसान तब कर गए स्वर्ग प्रयात्न।।14।।

50. मॉ की ममता

मॉ की ममता बड़ी निराली माता ही जननि कहलाती है।
पैदा कर शिशु अपने को फिर ऑंचलल से दूध पिलाती है।।01।।

प्रसव वेदना होती है तब उसकी वेदना वो ही जाने।
रक्त रिसाव होवै जब कृश काया को पहचाने।।02।।

भूखी भी सो जाती है जब, बालक को पीड़ा होती है।
जीवन अभावों में कटता है, तब दीन दशा पै रोती हैं।।03।।

भूखो प्यासे अपने बच्चे को वह तबिक देख नहीं पाती है।
टुकड़े टुकड़े बचा के उसक वह अपने हाथ खिलाती है।।04।।

ममता का आंचल फैलाकर जब मॉ स्तनपान कराती है।
पूर्ण तत्व वह हो जाती, फिर धन्य भाग कहलाती है।।05।।

पालन पोषण करती रहती, अपना तन मन देकर के।
लोरी गाकर तुम्हे, सुलाती, अपनी नींच भुला करके।।06।।

जब तक बच्चा न आ जाता पढ़ लिख कर या कामों से ।
तब तक राह निहारा करती माँ, आशा भरी निहाहों से।।07।।

शादी में जब दुल्हा बनता, नई दुल्हन घ लाने को।
अंतिम बार नहीं दूध पिलाती, रस्में पूर्ण निभाने को।।08।।

बचपन हो या तरूण वस्था या वृद्धापन आ जाए।
मॉ के आगे बच्चा रहता चाहे नंगा हो जाए।।09।।

मॉ तो ममता की मूरत है उसमें सुधा रस प्यार भरे।
बैजनाथ वह पापी है जो अपनी मॉ से ना प्यार करे।।10।।

51. कवि सूरदास

भक्तिकाल में भक्ति आन्दोलन जन्मा एही याम।
सूरदास जन्मन भए संवत 1535 रूनकता, सीही ग्राम।।01।।

माता नाम अज्ञात है पिता राम के दास।
भरद्वाज ब्राहमण वंश में प्रगटे सरजू दास।।02।।

तीन भाई उनके लड़ मरे, सूर भए जन्मान्ध।
चन्दवरदाई वंशज कहे, दास भाव किए कांध।।03।।

पिता भाई जब गमनभ किया सूरा भए अनाथ।
सब द्वारों को छोड़कर बल्लभ गहिवो हाथ।।04।।

गृहस्थी सुख जानों नहीं, भार्या सुतहिं ने दीनों त्रास।
जीवन निर्रथक जान के घर से लियो वेग संन्यास।।05।।

भटकत भटकत मग फिरे, गिरे कूप में जाय।
सात दिवस के उसमें रहे कृष्णा लिए उठाय।।06।।

दिव्य चक्षु हरि ने दिए दर्शन किए अघाय।
वर मॉगे ने दलाल से इन नैनन से, को ऊन देखे जाये।।07।।

गोवर्धन श्री धाम मठ सूरसागर रचे चितलाय।
मथूरा ढ़िंग में रूनकतो सुरसारा बली लिखे बनाय।।08।।

वात्सल्य रस रचना करी कविता में हरषाय।
बाल कृष्ण लीलारची गोपिन रास रचाय।।09।।

अन्त समय को जान के गए पारसौली धाय।
संवत 1638 में बैजनाथ, गए स्वर्ग सिधाय।।10।।

52. गोस्वामी तुलसीदास

हिन्दी साहित्य के इतिहास में, भक्ति युग रहा स्वर्षिभ काल।
निर्गुण सगुण धारा वही, सभी जाति धर्म रहे प्रतिपाल।।01।।

संवत 1589 बांदा में राजापुर ग्रराम,
माता नाम हुलसी कहे, पिता है आत्माराम।।02।।

मूल नक्षत्र पैदा भए दंतावली मुख माँझ,
राम नाम उच्चारते नित सुबह और सॉझ।।03।।

माता से बस सात दिवस कीने स्तन पान,
स्वर्ग सिधार हुलसी गई, निकस तन से प्रान।।04।।

कुल काल के बाद में स्वर्ग सिधारे आत्माराम,
गृह सहारे टूटे सभी रह गए केवल राम।।05।।

भटकत-भटकत वे फिरे विपिन चराते गाय,
बाबा नरहरि दास फिर चेला लये बनाय।
रत्नावली संग व्याहे गए कीने प्रेम अघाय,
पत्नी के सानिध्य में कोऊ न दूजौभाय।।06।।

रत्नावली की प्रीत में भूले सभी रंजो और गम,
एक पल भी रहते नही बने रहते पास वे हर दम।
एकबार वह भाई के संग चली गई माता के घर,
लौट कर आए जब अरण्य से सूना दिखा रत्ना का घर।।07।।

सांझ ढलते ही वो चल पढ़े ससुराल को,
कंद गए सरिता में जाकर पकड़ रहे वो काठ को।
कोई न आगे दीखता डरते रहे अंधकार को,
खिड़की ऊपर चढ़ गए फिर पकड़ कृष्ण से काल को।।08।।

डर गईं रत्ना देख पति के ऐसे घृणित कार्य को,
आधी रात को आधमके जब भूले कुल की लाज को।
ऐसी प्रीत पिया हमसे कीनी क्यों न की रघुराज से,
जन्म मरण से मुक्ति मिलती फंद कटते जाल से।।09।।

सुनी फटकार जब रत्नावली से खुले द्वार अंधकार के,
माता सम दर्जा अब देके,बाहर निकले द्वार से।
ठोकर खाते गऊ घाट पर पहुँचे प्रेरणा मिली हनुमान से,,
रामचरित मानस को लिक्खा प्रभु चरणों के ज्ञान से।।10।।

ब्राहमण ने जातिगत ईर्ष्या से बहुत सताया तुलसी को,
पोथी उनकी चुरा ले गए छोड़ा नही लंगोटी को।
चित्रकूट के घाट प जाकर चंदन घिसते लकड़ी को,
रघुराई जब तिलक लगा गए, दिखी न झाँकी तुलसी को।।11।।

रामचरित अवधी में लिक्खा ब्रजभाषा विनय की पाती को।
लोक जीवन सुखपूर्ण बनाने पालन किया मर्यादा जी को।।12।।

काशी के दरबार में उनकी कड़ी परीक्षा ली गई थी,
रामचरित को वेदों के नीचे रखकर, पहरे बीच रखी गई थी।
विश्वनाथ के पटों को खोला तो एक नई झाँकी देखी गई थी,
रामचरित को ऊपर देखा सत्यंम,शिवम,सुन्दरम, की छाप पढ़ी गई थीं।

संवत सोलह लौ अस्सी, असी घाट के तीर,
बैजनाथ अवसान लख तुलसी तजौ शरीर।।14।।

53. कवियित्री मीराबाई

कलयुग में श्री कृष्ण के जितने भी ऊँचे भक्त हुए।
मीराबाई, कर्मा वत और नरसी मेहता से भक्त हुए।।01।।

राजपूताना के मेड़ता नियरे उड़ती ग्रामे मीरा बाई 1498 जन्म भए।
माँ का नाम कृष्णा कहावे पिता रतनसिंह रठौर कहें।।02।।

दादा नाम दूदा जी कहावे वैष्णव भक्त राठौर रहे।
बालापन से कविता लिखती, संग में भगवत भजन रचे।।03।।

मेवाड़ के राणा सांगा के पुत्र भोजराज के संग मीरा का विवाह हुआ।
उम्र थी 12 साल लेकिन सच्चा पाणिग्रहण तो कृष्णा के साथ हुआ।।04।।

गुरू बनाया रैदास को जिसने, पति का सच्चा ज्ञान कराया था।
महलों के रनवास में उनने मंदिर स्थापन करवाया था।।05।।

10 वर्षों पश्चात भोजराज पर वनराज का हमला हुआ।
जख्मी होकर कुछ समय में उनका दुखद निधन हुआ।।06।।

भोजराज जब भए परलोकी, मीरा को दारूण दुक्ख हुआ।
लगी प्रीत कान्हा से उनकी अलौकिक पति रूप मंजूर हुआ।।07।।

लोक लाज को तज के मीरा संतन ढिंग बैठन लगी।
बॉध के पग में घुंघुरू मीरा, मंदिर में नाचन लगी।।08।।

राणा जी ने यह सब देखा कुल मर्यादा अब धूल भई।
विष को भेजा राणा जी ने पीकर मीरा मगन भई।।09।।

देख दशा मीरा ने अपनी वृन्दावन पग धार गई।
श्रीनाथ मंदिर में जाके दस वर्षों तक अटल रई।।10।।

गीत गोविन्द टीका, नरसी जी माहिरौ, राग गोविन्द, राग मल्हार।
उत्तर पद पदावली पॉंचो उन रचना रची करवे निज उद्धार।।11।।

अंतिम समय द्वारिका बीता, मीरा शरण गहे प्रभु हाथ।
सन 1547 में गोविन्द की प्रतिमा में समा गई बैजनाथ।।12।।

54. गुरु नानक देव

जग कर्ता ने सब एक बनाए और एकई घाट उतारे।
अपनी-अपनी करनी से सब हो गए न्यारे न्यारे।01।।

सब बन्दे हैं एक दाता के एकई ज्ञान प्रकाशे।
सब में एकई नूर बसत है, गुरूनानक देव उचारे।।02।।

संवत पन्द्रह सौ छब्बीस तलबडी ग्राम पंजाबे।
गुरूनानक जन्म लिए हैं, ननकाना साहिब आज कहाबे।।03।।

माता तृप्ता देवी सयानी पिता कालुराम किसाने।
राम नाम उच्चारण करते, हरि कै भक्त कहाने।।04।।

बालापन से ही नानक ने प्रभु के नाम उच्चारे।
पिता काम नही हाथ बटाबे, रहें साधु संत सहारें।।05।।

पढ़ने लिखने गए कहीं न और न कलम संवारे।
आत्मज्ञान जगा हृदय में वे ही गुरू तुम्हारे।।06।।

पत्नी नामम सुलक्षिणा कहिए, श्री चन्ह लक्ष्मीचन्द पूत कहावे।
नानक पंथ सिख धर्म उपजावैं, जिसके पॉच चिह्न दिखरावें।।07।।

जपुजी नानक दर्षन में सार तत्व, सिक्खों का मान बतावें।
नसाहत नामा अधिकांश भाग में, पंजाबी शब्द उचारें।।08।।

नानक ने जो पद सिरजाए, वो गुरू ग्रन्थ साहिब में दर्शाए।
ना कोई हिन्दू ना कोई मुस्लिम यह सार तत्व बतलाए।।09।।

एक बार वह गए सरित नहावे, मुस्लिम गुरू गए संग लिवा कें।
अर्न्तध्यान भए जब तीरे, तीन दिवस में गुरू कहावें।।10।।

ग्रीष्म ऋतू जब गए गॉव में तरू नीचे विश्राम करे।
तिनके ऊपर नाग छत्र धराए, तब गुरू देवनाम धरे।।11।।

सन 1538ई. गुरू नानक प्रस्थान किए।
बैजनाथ ऐसे महापुरूषों को बारम्बार प्रणाम किए।।12।।

55. जयशंकर प्रसाद

हिन्दी के आधुनिक साहित्य में एक नई काव्यधारा का जन्म हुआ।
प्रसाद, पंत, निराला, महादेवी ने मिलकर उसको छायावाद का नाम दिया।।01।।

जयशंकर प्रसाद एक विलक्षण प्रतिभा,
जिनका तीस जनवरी अठारह सौनवासी को जन्म हुआ।
काशी के सुघनी साहू वेश्य परिवार,
देवी प्रसाद ग्रहे उत्सव का आनन्द हुआ।।02।।

पिताजी उनके कानून के ज्ञाता बैठे समागम करते थे।
इसीलिए उनके घर पर विद्वा ही आया करते थे।।03।।

उनकी ही संगत का प्रभाव प्रूसाद पर आके पड़ता था।
साहित्य के अनुराग का नूर उनके चहरे पर झलकता था।।04।।

पिता असमय मृत्यु ने प्रसाद को खूब हिला डाला।
सम्भूनाथ भाई को छीना नियतिने उन्हें रूला डाला।।05।।

विपत्ति में परेशानी झेली सीने पर आघात हुआ।
साहित्य साधना वनी जो जीवन का उद्धार हुआ।।06।।

शादी तीन भाईजय शंकर, प्रसाद एकई पत्नी से पाया।
असमय काल ने गाल गही, अंधकार में जीवन भरमाया।।07।।

लेखन में जब लगन लगी, तब छायाबाद का सृजन किया।
प्रकृति प्रेम और देश भक्ति, में लेखनी को संलग्न किया।।08।।

कामायनी ऑसू लहर प्रेम पथिक कानून कुसम को खूब बनाया है।
रश्मिबंध बाणभट्ट, ऑधी कहानी पुरूस्कार सही बताया है।।09।।

लम्बी साहित्य साधना कारण क्षय रोग हुआ उन्हें देही में।
पन्द्रह जनवरी उन्नीस सौ सेंतीस को पावक लगी उनके तन में।।10।।

हिन्दी के साहित्य जगत में योगदान प्रसादी का।
बैजनाथ हम भूल सके न जीवन योग पुजारी का।।11।।

56. मुंशी प्रेमचन्द

हिन्दी के इतिहास काल में गद्य विधा सम्पन्न हुई।
उपन्यासी प्रेमचन्द साहित्य कलम से कथा कला उत्पन्न हुई।।01।।

31 जुलाई 1880 वाराणसी यू.पी. का लमही ग्राम वहीं।
माता आनन्दी बाई के जन्मे, अजायबराय मुंशी पिता वहीं।।02।।

चित्रगुप्त के वंश में आए पर बचपन बीता गरीबी में
घर पर रह कर शिक्षा पाई, उर्दू, फारसी और हिन्दी में।।03।।

पढ़ लिखकर अध्यापक बन गए, सेवा कीनी दीन यतीमों की।
बालापन में धनपतराय कहाते, पर झलक दिखी न धन बल की।।04।।

सात बरस की भई अवस्था, जब मॉ का साया उठा सिर से।
पन्द्रह बरस में आते ही फिर, पिता का दामन छूटा कर से।।05।।

बाल्यावस्था से ही उनको ललक लगी थी लिखने की।
देश, समाज पर कलम चलाई, उनसे जगी आकांक्षाये मिलने की।।06।।

गोदान, गबन और कर्मभूमि, उनन्यास लिखे जन करूणा पर।
बूढ़ी काकी, नमक दरोगा, ईदगाह, लिखी बच्चों की तृष्णा पर।।07।।

संग्राम कर्बला, प्रेम की बेदी नाटक में सत्य बताया है।
हड़ताल, बनी चॉदी डिबिया, अनुवाद में न्याय कराया है।।08।।

गॉव का जीवन उन्होंने देखा रचना में खूब उभारा है।
गरीब और सर्वहारा वर्ग को, मानस पटल पर सही उतारा हैं।।09।।

राजनीति समाज अन्याय, अत्याचार ऊँच नीच को उनने ही ललकारा है।
लिख तीन सौ कथा, साहित्य में कहानी सम्राट का पद प्यारा हैं।।10।।

लम्बी रूगणावस्था ने देह को जर्जर कर डारा था।
आठ अक्टूबर 1936 को ए कलम सिपाही बैजनाथा स्वर्ग सिधारा था।।11।।

57. सुमित्रानंदन पंत

हिन्दी के जब काव्य क्षेत्र में छायावाद का उदय हुआ।
प्रकृति की सुन्दर वादियों मे, प्रसाद पंत का जन्म हुआ।।01।।

अदृश्य सत्ता के सुकुमार कवि, जन्मे थे ग्राम कोशानी में।
20 मई 1900 जनपद अल्मोड़ा यूपी के मैदानों में।।02।।

पिता थे गंगादत्त तुम्हारे माता सरस्वती देवी कहाती थी।
बालापन साई दत्त कहाते, माता जनमत ही स्वर्ग सिधारी थी।।03।।

पालन पोषण पिता दादी ने की ना, गॉव में ही पट्टी पुजवाई थी।
ऊँची शिक्षा लेने गए वे काशी इलाहबाद उपाधि पाई थीं।।04।।

भाषा ज्ञान संस्कृत हिन्दी बंगला सीखी अंग्रेजी से लग्न लगाई थी।
1950 में आल इंडिया रेडियो में परामर्श दाता की छाप बनाई थी।।05।।

काव्य धारा में छायावाद को आलम्ब कवित बनाया था।
प्रकृति के सब उपमानों से, कलम स्पर्श कराया था।।06।।

प्रकृति के कवि सुकुमार कहलाए सुन्दर अपनी कृतियों से।
मानवीकरण किया कविता में पल्लव, गुंजन की स्मृतियों से।।07।।

वीणा युगान्त उच्छ्वास ने गुंजन खूब कराया था।
भारत भारती ने देश दशा का सबको भान कराया था।।08।।

साहित्य साधना के एवज में अकादमी पुरस्कार उन पाया था।
ज्ञानपीठ पुरस्कार कों लेकर पद्म भूषण उपाधि को पाया था।।09।।

कविता गीतों की शैली में लिखकर भावों का सूक्ष्म रूप अपनाया था।
प्रकृति के सुन्दर प्रतीक दिखलाकर अद्वितीय स्थान बनाया था।।10।।

28 दिसम्बर 1977 नंदनपंत के तारे लुप्त हुए।
बैजनाथ सरस्वती नंदन पंच तत्व में विलुप्त हुए।।11।।

58. सुश्री मायावती

भारत में दलितों के नेता वैसे तो कई अनेक हुए।
पर मायावती जैसे पिछड़ों के अगुआ अभीतक न एक हुए।।01।।

15 जनवरी 1956 में जन्मी गौतम बुद्ध नगर में बादलपुर यू.पू. का ग्राम।
दलित वर्ग में पैदा होकर ऊँचा किया माँ बाप का नाम।।02।।

माता रामरती थी, गृहणी, पिता प्रभुदयाल, बाबूजी करते थे वह डाक में काम।
छः भाई और दो बहने थी, सभी लिखाए विद्यालय नाम।।03।।

गॉव की सरकारी शाला में पढ़ाई शुरू करी थी उबने।
प्रारम्भिक शिक्षा को पाकर दिल्ली कूच किया उनने।।04।।

वर्ष 1975 में उन्होने दिल्ली विश्वविद्यालय से स्नातक डिग्री पाई थी।
1976 में फिर गाजियाबाद से शिक्षा की डिग्री लाई थीं।।05।।

1983 में कालिंदी वि. विद्यालय से उन्होनें कानून की उपाधि पाई थीं।
देश की सेवा करने हेतु गॉव प्राइवेट शाला में शिक्षिका की नौकरी पाई थी।।06।।

देश के गरीब और निर्धनों का, उद्धार कराने, उनको मन यह भाव जगा।
बनूं कलेक्टर करूँ देशहित, परोपकार में तन मन खूब लगा।।07।।

दिन रातों में करी पढ़ाई दिल में कठिन संकल्प लिया।
देखके मेहनत कांशीराम ने मन में ये सब भांप लिया।।08।

ऐसा पथ तुम अपनाओ माया, दो चार क्लेकटर पास रहें।
हुकुम तुम्हारा चले सभी पर आज्ञा की तामील करें।।09।।

राष्ट्रीय अध्यक्ष बनी बहुजन की कांशीराम ने मान बढ़ाया था।
मिली प्रेरणा मान्यावर की राजनीति में प्रवेश कराया था।10।।

पहला चुनाव लड़ी कैराना सांसद का निर्वाचन हारी थी।
फिर हुंकार भरी उन्होंने पड़ी विरोधी पर भारी थी।।11।।

सन 1989 में बिजनौर से सांसद चुन कर आई।
संसद में अनुसूचित जाति की पहली महिला सांसद कहलाई।।12।।

उत्तर भारत की राजनीति में बहिन जी ने परचम लहराया।
चारों बार बनी वह सी.एम. बुद्धि का बल दिखलाया।।13।।

गुंडा राज हुआ समूल नष्ट दबंगों ने अपने को छिपाया था।
भूखे, नंगे, गरीब, असहायों को चन्दावती ने न्याय दिलाया था।।14।।

14 मई 2007 में चौथी बार वह यू.पी. की सी.एम. बनी।
न्याय और समता को लाकर जनता की हितैषी बैजनाथ रहीं।।15।।

59. वफादार स्वान

जब से मानव सभ्यता जागी, तब से स्वान रहा संग में।
पहला पशु बना पालतू अभिन्न रहा नर के रंग में॥01॥

दो प्रकार का जीवन स्वान का एक पालतू दूजा आवारा।
एक भटकता फिरे गलियों में दूजा है घर का रखवारा॥02॥

भाग्यवान है वही कुकुर जिसके गले में पट्टा बंधता है।
मालिक फिरता उसके पीछे रोज खुशामद करता है॥03॥

खोजी कुत्ता बन सेना में वे उच्च नौकरी करते हैं।
गाड़ी में बैठे घूमते देश की सेवा करते हैं॥04॥

वैसे कुत्ते मांसाहारी होते हैं, भोजन को शिकार वो करते हैं।
पर भूख मिटाने खातिर वे तो घर में चोरी करते हैं॥05॥

मानव जैसा जाति द्वेष कुत्ते में भी होता हैं।
उनकी हद में गेर आ जाए तो उनमें झगड़ा होता है॥06॥

प्रजनन काल होता है क्वार में जब बारह की माँ कुत्ती बनती हैं।
उन्हें लेट वह दूध पिलाती पर, नारी को एक में पीड़ा होती है॥07॥

वफादार वह होता है एक टुकड़े की बात निभाता है।
अपने स्वामी की रक्षा में वह अपनी जान गंवाता है॥08॥

सर्दी गर्मी और बरसातों को वह मुस्तैदी से सह लेता है।
घर के द्वारों फुटपाथों और खण्डहरों में बसेरा होता है।।09।।

कभी-कभी वह हिंसक होता काट नरों को लेता है।
जब लोगों को घृणा होती है, नफरत का बोझा ढ़ोता है।।10।।

है कूकर समाधि छत्तीसगढ़ में जो बंजारे का सेवक था।
है हर जुवां पर नाम उसका बैजनाथ वफा का देयक था।।11।।

60. चन्द्रशेखर आजाद

भारत की आजादी में जिन वीरों का योगदान रहा।
उनवीरों में सबसे ज्यादा चन्द्रशेखर का नाम रहा ।।01।।

23 जुलाई 1906 को जन्म भाभरा गॉव हुआ।
अलीराजपुर जिला तुम्हारा म.प्रर. के राज्य हुआ।।02।।

सीताराम जी पिता तुम्हारे जगरानी देवी मात कहाती थी।
जाति से तुम विप्र कहाते, माता शिव की पुजारी थी।।03।।

14 साल की उम्र थी नाजुक, पर मन में क्रांति ज्योति जगी।
कूद पड़े असयोग आन्दोलन में देश जगाने लगन लगी।।04।।

मजिस्टेंड के नाम जो पूछा तो अपने को आजाद बताया था।
पिता नाम स्वातंत्रता बताया, कारावास को निज धाम बताया था।।05।।

नाबालिग होने के कारण पन्द्रह बेंत की सजा सुनाई थी।
रोने चिल्लाने के बदले हर कोड़े पर इन्कलाब की घोष जगाई थी।।06।।

कारावास की इस घटना से वह आजाद कहाए थे।
जीवन भर आजाद रहे वह हाथ किसी के न आए थे।।07।।

पुलिस के डर से रहे भागते ओरछा में साधु बन आए।
वहॉं से आगे पहूँचे झॉंसी कार मिकेनिक कहलाएं।।08।।

महाराज खलक सिंह मिले झांसी में वे खनियाधाँना ले आए।
सीतापाठा रहे एकांत में तस्वीर मूँछ यहीं पै बनावाए।।09।।

27 फरवरी 1931 को इलाहबाद के अल्फेट पार्क में पुलिस के साथ घमासान।
कई सिपाही मार के अपनी अंन्तिम गोली से भारत वीर अवसान हुआ।।10।।

करी प्रतिज्ञा पूरी अपनी हाथ फिरंगी के न आएंगे।
भारत माँ के लाल बैजनाथ अपना परचम लहरायएंगे।।11।।

61. स्वामी विवेकानंद

भारत की उन्नति के नायक जिनने कई समाज सुधार किऐ।
भारत का नाम कमाने जग में, शूरवीर सरदार हुए।।01।।

12 जनवरी 1863 कलकत्ता में स्वामी जी ने जन्म लिया।
पिता विश्वनाथ दत्त वकील थे उनके, माता भुवनेश्वरी ने उपकार किया।।02।।

बचपन से नरेन्द्र नाम था उनका जो मन में सोचा करते थे।
ईश्वर को देखा है किसने चिन्तन वे ऐसा करते थे।।03।।
रामकृष्ण परम हंस गुरू मिले जब उनसे भी यही सवाल किया।
हॉं मे जवाब देकर के उनने सब में प्रभु का अंश स्वीकार किया।।04।।

अमेरिका, इंग्लेड यूरोप में जाकर भारत के वेदों का प्रचार किया।
सनातन धर्म सभी में पुरातन भारत का उत्थान किया।।05।।

सर्वधर्म शिकागो सम्मेलन भारत का प्रतिनिधित्व किया।
मेरे प्यारे भाईयों बहनो हिन्दी में सम्बोधन किया।।06।।

प्यारा सा सम्बोधन सुनकर लाखों लोगो का सभागृह ताली से गुजार हुआ।
भारतीय संस्कृति को पहचाना विदेशों में धर्म प्रचार हुआ।।07।।

सादा जीवन उच्च विचार उनका यह सूत्र पुराना था।
गेरू वसन को तन में ओढ़े सिर पगड़ी का बाना था।।08।।

भारतीय संस्कृति के सभी गुण स्वामी जी में दिखते हैं।
उनके विचारों को तुम पढ़ लो टैगोर वचन ये कहते हैं।।09।।

सन 1902 की कालरात्रि मन में विचार मगन हुए।
जीवन की छोटी आयु में बैजनाथ पर धाम गएं।।10।।

62. मैथिली शरण गुप्त

हिन्दी के आधुनिक काल में मैथिलीशरण गुप्त का नाम निराला है।
3 अगस्त 1886 में जन्मे चिरगॉव जिला झॉसी सुर लाला हैं।।01।।

सेठ रामचरण गुप्त पिता मैथिल के घर पर ही शिक्षा पाई।
बचपन से थी रूचि लिखने की कविता पर है कलम चलाई।।02।।

महावीर प्रसाद द्विवेदी ने प्रेरणा दी राष्ट्र प्रेम और देश भक्ति की।
हिन्दी कविता में देश प्रेम की झलक दिखी तो उपाधि मिली राष्ट्र कवि की।।03।।

रचना उनकी बड़ी अनोखी, साकेत, भारत भारती, यशोधरा, द्वापर युग की।
पंचवटी खण्ड काव्य है उनका, सिद्धराज, जयद्रथ वध है महाभारत की।।04।।

साकेत महाकाव्य महान है उनका, जिसमें कथा है, उर्मिला के त्याग बल की।
राष्ट्रपति ने सम्मान जगाने शपथ दिलाई राज्य सभा के सांसद की।।05।।

भाषा उनकी रचनाओं में खड़ी बोली, सरल प्रसाद ओज गुण की।
रचना शैली उपदेशों वाली, प्रबंन्धात्मक प्रकृति के रूपों जैसी।।06।।

यशोधरा सिद्धार्थ की भार्या, माता कहलाती राहुल की।
मध्य रात में गृह को त्यागा, जगी वेदना पत्नी की।।07।।

हिन्दी के इतिहास काल में नए कवि गुप्त का नाम रोशन हुआ।
12 दिसम्बर 1964 को चिरगॉव में बैजनाथ श्रेष्ठ कवि का निधन हुआ।।08।।

63. भक्त माता कर्माबाई

भारत की इस पावन धरा पर भक्तों ने आकर जन्म लिया।
भक्ति भाव की परम भावना ईश्वर ने मन मोह लिया।।01।।

चेत्र कृष्ण पक्ष एकादशी संवत 1087 यू.पी झॉसी के नगरान।
कर्मा्रबाई जन्मन भए घर घर, खुशी भई सब जान।।02।।

माता चन्दाबाई शाहभई पिता रामशाहकर्मा साहूवंशी।
छोटी बेटी रामसिंह संग में ब्याही, जिनसे चला है राठौर वंशी।।03।।

कर्मा जी नरवर गढ़ में ब्याही पदमा जी के संग।
परम वैष्णव भक्त संदा से रमे वैष्णवजी के अंग।।04।।

तेल का व्यापार बढ़ाने सड़कों का निर्माण कराया था।
नदियों के पथ को सुगम बनाने सेतु को बनवाया था।।05।।

पदमा जी का व्यापार देख कर ईर्ष्या हुई नृप ढ़ोला ना मन में।
खुजली के हाथी को नहाने तेल भरन की शर्त रखी थी सरोवर में।।06।।

कर्माबाई ने ध्यान लगाया जब सधि लीनी जगदीश्वर ने।
कोल्हू से तलब तकक राह बनाने की, जुगत सुझाई अवनी श्वरने।07।।

कोल्हू चला रात-भर उनका तनिक नींद न आई थी।
भराताल देखा जब प्रातः गज अन्हवाए राजा ने गल्ती मनाई थी।।08।।

अनन्य भक्ति देखी करमा की, जब बाल रूप के दरश हुए।
माँ के हाथ की खिचड़ी खाई तब उनके कर स्पर्श हुए।।09।।

एहसास हुआ जब पति-पत्नि को ऐसे अन्यायी राज्य में रहना न चाहिए।
नरवर छोड़ राजपूताना के नतरा कस्बे में चले गए रहने के लिए।।10।।

कुछ समय के बाद में उनके थाना सुत का जन्म हुआ।
अल्पायु होने के कारण वह मृत्यु को प्राप्त हुआ।।11।।

पुत्र वियोग के कारण फिर अब पदमा जी क अवसान हुआ।
वज्रपात होने से कर्मा के मन में जीवन से वैराग्य हुआ।।12।।

सिंधु किनारे कर्मा जी ने पत्तल पर खिचड़ी का भोग लगाया था।
ध्यान मग्न होकर याद किया तो बाल रूप में रूचि से भोग लगाया था।।13।।

जगन्नाथ मंदिर में पुजारी जब, भोग लगाने आए थे।
खिचड़ी लिपटा भुख देखा भगवान का, पंडा ने शीश झुकाए थे।।14।।

संवत 1662 में 75 साल का जीवन पाकर स्वर्ग सिधारी थी।
धन्य है ऐसे भक्तों को बैजनाथ ने प्रीतकी रीत निभारी थीं।।15।।

64. बाबू जगजीवन राम

दलितों के नेता दीनों के हम दर्द वो होते हैं।
जगजीवन राम से प्रणेता गरीबों के हितैषी होते हैं।।01।।

जन्में चंदवा ग्राम जिला आरा भारत बिहार सूबे में।
मातु बसंती देवी जिनकी पिता शोभीराम संत ग्रह में।।02।।

पत्नी इन्द्राणीदेवी कहिए बेटी मीरा कुमार सुत सुरेश थे जिनके।
6 वर्ष की आयु थी इनकी जब पिता स्वर्ग सिधारे थे उनके।।03।।

बड़े भाई ने पढ़ाया घर का पूरा खर्च उठाया था।
आठ बरस की उम्र के रहते, उनका विवाह कराया था।।04।।

वर्ष 1937 में अपना राजनैतिक जीवन शुरू किया।
निर्विरोध चुनाव को लड़कर एम.एल.ए. दर्जा प्राप्त लिया।।05।।

सन्1952 में प्रथम आम चुनाव जब सम्पन्न हुए।
सहसराम के संसद निर्वाचन फिर विरोधी को फतह किए।।06।।

24 जनवरी 1978 में भारत के, रक्षा मंत्री नियुक्त हुये।
गम्भीर समस्याओं को सुलझाया, त्वरित फैसले कठिन लिए।।07।।

24 जनवरी 1979 में उनको वाइस पी.एम. बनाया था।
अपनी बुद्धिमता के बल पर दुश्मन का लोहा मनवाया था।।08।।

1978 में ही जब काशी में सम्पूर्णा नन्द की मूर्ति का अनावरण किया।
तब कुछ ब्राह्मणों ने अछूत कहकर स्मारक गंगा जल से शुद्ध किया।।09।।

अपने कार्य काल में श्रम,रेल, कृषि , संचार मंत्री के पदों को सुशोभित किया।
जन कल्याण और जनहितैषी काम कर, गरीब अपाहिज का यश-लिया।।10।।

50 साल के जीवन में अविरल संसद के सदस्य रहे।
पदम् विभूषण मिला उनको लोकसभा में अजेय रहे।।11।।

प्रथम दलित प्रधानमंत्री बनने का अवसर उनके हाथ में आया था।
पर कुछ स्वार्थी तत्वों ने ईर्ष्या के वश उनका पक्ष ठुकराया था।।12।।

8 जुलाई 1986 को जन्म भूमि की माटी में दलित लाल अवसान हुआ।
है शीश गर्व से ऊँचा जिसने बैजनाथ अछूतों का जग में नाम किया।।13।।

65. संत गाड़गे महाराज

निम्न समाज के बीच में कई सतों का जन्म हुआ।
23 फरवरी 1876 को अंजन गॉव अमरावती म.रा. में उत्सव हुआ।।01।।

बचपन नाम डेबजी सिंगराज कहावें, लोक व्यवहार में गाडगे जी महाराज सुनावें।
असली नाम कोईन जाने रजक समाज के संत पुजावें।।02।।

भिक्षावृत्ति में निज जीवन के गुजारा, अपने लिए नहीं छाज को छारा।
साज वाज कोई संग न लावा, हरि का नाम सदाउचारा।।03।।

राज्य मराठा में उन्होनें धर्मशाला, मंदिर,
विद्यालय और चिकित्सालय का निर्माण कराया था।।
राहगीर धर्मा, रोगी और अशिक्षित को राह बताने यह उद्देश्य बनाया था।।04।।

उनकी सम्पत्ति एक लकड़ी की लाठी फटी सी चादर और मिट्टी का सकोरा था।
भोजन के अलावा भजन करने को ढ़पली जैसा कटोरा था।।05।।

पिता मरण हुआ जब उनका, विपदा उन पर थी आई।
हुए अनाथ, न कोई सहारा, नाना के घर शरण पाई।।06।।

रहे अज्ञात बारह वर्षों तक, सुधिन न किसी ने थी पाई।
आतम ज्ञान हुअ जब उनको ज्ञान की जोत उर में जगाई।।07।।

उनका यह विश्वास था पक्का ईश्वर मन्दिर मस्जिद में नही रहता है।
वह तो हरि नाराण के मन गौर मानव समाज में वसता है।।08।।

भूखे प्यासे नंगे गरीब, अपाहिज, बीमार को सहारा, सच्ची मानव सेवा है।
घट में तीर्थ शिवालय रमते, वही नरायण देवा है।।09।।

पंडे, पुजारियों के रहे विरोधी उनसे घृणा करते थे।
चरण स्पर्श की प्रथा घिनौनी, उस से नफरत करते थे।।10।।

गौतम बुद्ध की तरह उन्होंने, जीवन अपना त्यागशील बनाया था।
मानव कल्याण के साधक योगी, निष्काम, संत महान कहाया था।।11।।

20 दिसम्बर 1956 को परम संत ब्रहमलीन हुए।
ऐसे परमार्थ जीव के संग में बैजनाथ तल्लीन हुए।।12।।

६६. सेन बाबा महाराज

दलित और पिछड़ों के बीच में कइयों साधु संत हुए।
नंदा सेन महात्मा जैसे अनुपम हरि के भक्त हुए।।01।।

वैशाख कृष्ण पक्ष द्वादशी संवत 1557 जन्मे दिन रविवार।
पिता नाम श्री चन्द कहावे, मत सुशीला कियौ अनोखा प्यार।।02।।

रीवा राज्य बघेल खण्ड में सेन पूरा था गॉव।
नृप वीरसिंह राजवो करते, प्रजा बसती उनकी गॉव।।03।।

पत्नी गजरा देवी कहावें पुत्र नाम भद्र सेन कहें।
बघेल खण्ड के बांधवगढ़ मे सेन बाबा विश्रांत रहें।।04।।

सेन महाराज की कविता शक्ति लख कर, नृप ने सेवा हित निज धाम रखे।
सच्ची लगन और तन मन से फिर दिन रात सेवा के भाव जगे।।05।।

स्वामी रामानन्द थे गुरू उनके साधु संग में ज्ञान बदे।
विष्णुजी के अनन्य उपासक दया भाव के संस्कार गढ़े।।06।।

भूप बुलावा आया उनको राज हजामत करना थी।
बीच डगर में मिली मण्डली उनकी संगत करली थी।।07।।

ठाकुर जी की आसन डोली खुद सेवा में पहुँच गए।
ऐसी सेवा की राजा की मन में राज प्रसन्न भए।।08।।

छूटी संगत जब साधु की होश में सैन महाराज आए।
दोड़ै गए महल को सैनिक उनको रूकवाए।।09।।

सेन महाराज ने कहा सैनिक से नाहक मुझको क्यों रोका।
मैं तो राज सेवा में जाता मुझ से करते क्यों धोका।।10।।

सेनिक ने जब किया उच्चारण फिर से तुम क्यों जाते हो।
अभी-अभी महलो से आए, क्या कोई सुध भुलात हो।।11।।

भक्त सेन जब कहें झुँझला कर मैं तो अभी गया नहीं।
फिर कोई दूजा कैसे आया गेरा कर सकता काम नहीं।।12।।

डरते डरते गए राजा डिंग झुककर के प्रणाम किया।
साधु के ढिंग बैठकें मैंने शासक का अपराध किया।।13।।

देखी सूरत जब राजा की मन कृष्णा को प्रणाम किए।
मेरे कारण नाई बने, हरि दास के उनने काम किए।।14।।

वृद्धावस्था जान सेन जी काशी को प्रस्थान किए।
अंत समय जब आया उनका बैजनाथ संत का गान किए।।15।।

67. संत तुकाराम

महाराष्ट्र में संतों की संगत अच्छी और निराली थी।
तुकाराम संतों की संगत दिल से दिल को मिलाती थी।।01।।

सन 1598 शाके 1520 तुकाराम जनमन भए पुणे देह गॉव के बीच।
माता जी कनकाई थी पिता बहेबा धीर,
महाजन का धंधा चले पौधा भक्ति सींच।।02।।

18 वर्ष के थे जब तुका मात पिता गए स्वर्ग सिधार।
देश में जब दुर्भिक्ष पड़ा तब भार्या सुत भूख से पहुँचे यम के द्वार।।03।।

कुनवी समाज परिवार था, करें खुदरा बिक्री का व्यापार।
पिता बिठोबाभक्त थे माने सनातन विष्णु अवतार।।04।।

पत्नि राखाम्मा बाई थी, सुत संत का प्यार दुलार।
सन 1630 में पडो अकाल बिकराल, भूख के मारे मर गए दोनो थे लाचार।।05।।

दूजी पत्नी अबलाई, जीजा बाई थी बड़ी कर्कशा नार।
ताने देती रोज ही कुछ काम करो भरतार।।06।।

छत्रपति शिवाजी ने जब तुकाराम को भेजे कई उपहार।
हीरे मोती स्वर्ण की मुद्रा थी वस्त्रों की भरमार।।07।।

विनय पूर्ण विनती करी मम राज ए सब हैं बेकार ।
मिट्टी सोना एक हैं, जब से दरश दिए करतारं।।08।।

गन्ना लाए खेत से चले राह में जाय, मारग में भूखे मिले सबको दिए गहाय।
गन्ना एक बचा जब कर में पत्नि दियौ सुहाय,
भूख और गुस्सा के कारण पिट गए तुका सिहाय ।।09।।

टूट के गन्ना दो टूक हो गए, तुका ने क्षमा कियौ हरषाय।
सारा गन्ना छील लेकर दियौ पत्नी को चुखाय।।10।।

अभंग और कीर्तन लिखे प्रभु को शीश नवाय।
व्यालीस साल की आयु में बैजनाथ स्वर्ग सिधारे जाय।।11।।

68. संत नामदेव

साधु संत की निशूंचल धारा अविरल बहती रहती है।
ज्ञानवान संतों की महिमा मूढ़ो का पथ प्रूरदर्शन करती है।।01।।

संत नामदेव हुए अतिज्ञानी सतारा नरसी के बामणी गॉव में जनम हुआ।
26 अक्टूबर 1270 कार्तिक शुक्ल एकादशी संवत 1327 रविवार को छीपा के घर सूर्योदय हुआ।।02।।

माता मोणाबाई तुम्हारी पिता जी दामाशेठ पुत्र नारायण नाम रहे।
पत्नी राजाबाई तुम्हारी दासी संत जनाबाई जिनकी बहना आऊबाई कहे।।03।।

बचपन से ही साधु संगत गॉव के मन्दिर शरण गहे।
गुरू का नाम बिसोवा खेचर, शुभ बालक सब लोग कहे।।04।।

ईश्वर है कण-कण में व्यापक जैसे जल में लोन मिले।
मृत गाय को जीवित करना ए भक्ति प्रमाण दिखे।।05।।

विट्ठल जी का भोग लगाने संत के टिक्कर चार बने।
कुत्ता रूप बना कर प्रभु ने, सारे टिक्कर मुँह गहे।।06।।

घी का डिब्बा लेकर पीछे दौड़े, श्वान से साधु विनय करे।
भोग तुम्ही को लगना श्रीमन घी लगाय प्रभु प्रकट भए।।07।।

नागनाथ मंदिर के सम्मुख साधु हरि का भजन करे।
विरोध किया जब उनका पुजारी मंदिर के पिछवाड़ गये।।08।।

हुआ चमत्कार तभी अनोखा मंदिर द्वार पश्चिम को भए।
नामदेव की सच्ची भक्ति देख के पण्डा नत मस्तक भए।।09।।

वारकरी समप्रदाय परम्परा संत ने आगे बढ़ाई थी।
अभंग कीर्तन लिखकर उवने प्रभु की महिमा गाई थी।।10।।

सब जीवों में ईश्वर व्यापे आत्म ज्ञान समाया है।
मानव सेवा सच्ची पूजा वेदों में ए गाया है।।11।।
सन 1350 अस्सी वरस नित गोविन्द के गुण गाय।
पढ़रपुर बैजनाथ तब स्वर्ग मे, पहुचे, माया को भुलाया।।12।।

69. शहीदऊधसिंह

जब देश था गुलामी की जंजीरों में जकड़ा वीरों ने आवाज उठाई थी।
मातृभूमि को फिरंगी से आजाद कराने रणवीरों ने जान की बाजी लगाई थी।।01।।

26 दिसम्बर 1899 जिला संगरूर सुनाम गॉव ऊधमसिंह पंजाब रहा।
पिता चूहड़राम, सरदार टहलसिह, माता नारायणीदेवी हरनाम कौर रहा।।02।।

पॉच बरस की रही अवस्था जब माता का स्वर्ग वास हुआ।
एक साल के अन्तराल में फिर पितु का भी परलोक वास हुआ।।03।।

साया उठा जब मात-पिता का साधु और ऊधम अनाथ हुए।
अमृतसर के अनाथालय में फिर दोनों के वास हुए।।04।।

एक दिन बड़ा भाई साधुसिंह गया संतों की संगत, लौट के फिर वो नहीं आया।
विछड़ गया भाई से ऊधम तन मन में फिर दारूण दुख पाया।।05।।

जाति से चमार दलित थे चूहुड़ धरम परिवर्तन करवाया।
सरदार टहल सिंह, हरनाम कौर नया नाम उनने पाया।।06।।

सन 1916 में हाईस्कूल बैजनाथ से अंग्रेजी,
हिन्दी पंजाबी लेकर मैट्रिक परीक्षा पास करी।
13 अप्रैल 1919 को जलियावाला बाग की घटना से मन में जोत जगी।।07।।

13 मार्च 1948 को डायर की एक सभा में बैठ गए,
तब पिस्तौल छिपाई पुस्तक में।
मौका पाकर गोली मारी फिर प्र्राण निकल गए क्षण भर में।।08।।

बन्दी बना लिया ऊधम को केस चला था लंदन में।
13/07/1948 को चढ़ गए फॉसी भारत माँ की गोदी में।।09।।

नाम अमर कर गए भारत में, वे सब धरमों के रखवाले थे।
सर्व्र धर्म समभाव प्र्रतिपालक बैजनाथ राम मुहम्मद सिंह मतवाले थे।।10।।

70. रमापति चमार

देश के राष्ट्रीय आन्दोलन में दलितों का अहम योगदान रहा।
चमार जाति के कुछ वीरों ने जग में ऊँचा नाम किया।।01।।

2 फरवरी 1922 को थाना चौरा चोरी के कोतवाल
गुप्तेश्वर ने भगवानदास दुकानदार को गाली देकर पीटा था।
इस अन्याय के खिलाफ रमापति चमार ने,
500 दलितो को लैकर थाने पर धावा बोला था।।02।।

भीड़ देखकर पुलिस वालों ने लोगों पर लाठी भांजी थी।
उग्र दशा देख पुलिस ने बंदूक से गोली मारी थी।।03।।

रमापति ने फिर ललकारा, निहत्यों पर गोली चलाना ये केसी शान तुम्हारी है।
ये ब्रिटिश वालो भारत छोड़ो ये भारत मात हमारी है।।04।।

अग्निकाण्ड किया रमापति ने, थाने अन्दर 23 सिपाही जिन्दा जला डाले।
देखा ताण्डब जब अंग्रेजों ने ब्रिटिशा के झण्डे हिला डाले।
बिगड़ी दशा फिर गोरखपुर की कर्यू के पहरे लगा डाले।।05।।

गाँधी जी ने जब ये देखा इस आगजनी का फल क्या होगा।
गर देश अजादी पाता है, तो चमार का नाम इतिहास अमर होगा।।06।।

इसी डाहसे गॉधी जी ने आन्दोलन को रूकवाया।
हमदर्दी का भाव दिखा कर अंग्रेजों के मन को भाया।।07।।

क्रान्तिवीरों को लगा अघात और मन में गहरा शोक हुआ।
करमचन्द को माना दोषी वीरों का दिल कोसों दूर हुआ।।08।।

अंग्रजों के दमनचक्र ने 272 दलितों को जेल भिजवाया था।
228 दलितों के ऊपर सेशन कोर्ट में केस चलाया था।।09।।

ऊपरी कोर्ट अदालत ने 79 दलितों को फांसी का हुकुम सुनाया था।
उन्ही साथ चौदह दलितों को आजीवन कारावास कराया था।।10।।

2 जुलाई 1923 को अन्य 18 दलितों के संग
विप्लव नायक रमापति को फॉसी के फंदे चढाया था।
नाम अमर जग मेंवों कर गए बैजनाथ मातृभूमि की
बलि बेदी पर जिस्म से लहू बहाया था।।11।।

71. मातादीन वाल्मीकि

भारत में आदिकाल से ही वर्ण व्यवस्था जातिवाद का श्रीमाल हुआ।
तब से ही दलितों पिछड़ों का इस देश में जीना मुहाल हुआ।।01।।

देश को आजाद कराने में सैकड़ों दलितों ने अपना बलिदान दिया।
पर जातिवाद के कारण इतिहास के पन्नो में उनका नाम दफन किया।।02।।

एक दलित क्रांतिकारी वीर ऐसे थे जो मल्ल विद्या में रमते थे।
मातादीन बाल्मीकि जिनको कोई अखाड़े में नहीं घुसने देते थे।।3।।

कुश्ती में ये इतने प्रवीण जिन्होंने मंगल पांडे और अंग्रेज मुलाजिम को हराया था।
दलित का बालक होने पर भी देश में नाम ऊँचा मातादीन कमाया था।।04।।

जाति गत द्वेष होने के कारण सैनिक उनसे घृणा करते थे।
पास बिठाना भी मातादीन को वेंना मुमकिन समझते थे।।05।।

मातादीन था चतुर्थ्र श्रेणी का सिपाही ब्रिटिश फिरंगी सेना में ।
फिर भी उसे सम्मान न मिलता, काम वह करता कारतूसकाखाना में।।06।।

ड़यूटी पर जब प्यास लगी तो, पानी मांगा मंगल पांडे सैनिक से।
मना किया तो गुस्सा फूटा मातादीन के चहरे से।।07।।

तुझको पानी कैसे पिला दूँ, तु अछूत है जाति में।
मैंने तुझको छू लिया तो, धर्म की साख मिलेगी माटी में।।08।।

झुझला कर मातादीन कहे फिर उस समय तुम्हारा धर्म कहाँ जाता है।
चरबी लगे कारतूसो को जब मुह से छीला जाता है।।09।।

कटु वचन सुनकर स्वीपर के पानी उसे पिलाया था।
अनल समान फैली खबर, जब बैरक में उत्पात मचाया था।।10।।

10 मई 1857 को कारतूस की घटना से मेरठ क्रांति बिगुल बजा।
देश प्रेम का पहन क बाना, रणवीरों का हुजूम सजा।।11।।

29 मार्च 1857 को बाल्मीक चंगुल में आए, धोखा देकर उन्हें फॉसी के फंदे चढ़वाए।
नाम अमर हुआ देश, फिर स्वर्ण अक्षर में लिखाए।।12।।

दलितों का इतिहास अनोखा उसेन कोई मिटा सके।
चिरकाल तक रहे वो कायम बैजनाथ यह वात कहें।।13।।

72. महाराजा खेतसिंह खंगार

भारत के राजपूत वंश में, कई राजा बलवान हुए।
देश में एकता कायम करके, जीवन अपनाशान जिए।।01।।

रजपूतों के चन्द्रवंश में रूद्रदेव वीरों के सरदार हुए।
गुजरात राज्य के जूनागढ़ में एकक्षत्र उन राज्य किए।।02।।

रूद्रदेव को वृद्धापन में निःसंतान के मन में घोर विषाद हुए।
कुलदेवी थी गजानन माता, उनकी कृपा से मंगलचार हुए।।03।।

27 दिसम्बर 1140 ई. खेतसिंह महाराज का जन्म हुआ।
दूजे सुत जयसिंह का भी उन्हीं के साथ में जनमन हुआ।।04।।

माता किशोर कुंवरबाई महाराणा सांगा की सुकमारी थी।
वीर शिरोमणी खेता की वह अलवेली सी क्षत्राणी थी।।05।।

बचपन में खेता कहलाते फिर भी, खेत जीतनें वाले थे।
पृथ्वीराज उनके संगाती संग में खेल खिलाते थे।।06।।

सिंह मुकाबला हुआ जब कानून में, उसको मार भगाए थे।
दोनों हाथ से फाड़ के जबड़ा मुँह से खून बहाए थे।।07।।

देख पराक्रम पृथ्वीराज ने खेतसिंह नाम धराए थे।
विनाशस्त्र के दिखा वीरता सिंह के मान घटाए थे।।08।।

खेलन शिकार गए जब वन में, प्यास लगी अति अधिवाई थी।
याद किया जब कुल देवी को, नारी बननीर से प्यास बुझाई थीं।।09।।

तारागढ़ के स्वयंवर में अपनी तलवार से शौर्य दिखाए थे।
अपनी भुजा के बल से फिर शिला के टुकड़े कर दिखलाए।।10।।

देख असम्भव काम पृथ्वी ने,सेना का पति बनाया था।
बिठा के आसन पर दरवार में, माथे पर तिलक लगाया था।।11।।

जैजाक भुक्ति के युद्ध को जीतकर, जुझौतिखण्ड राज्य बनाया था।
गढ़कड़ार थी रजधानी, वहां सुन्दर दुर्ग बनवाया था।।12।।

उरई, महोवा बैरागढ़,कालिंजर गढ़कुंडार तराइन युद्ध लड़े।
सन1182 से लेकर गढ़कुडार में 30 बरस तक राज्य किए।।13।।

30 अगस्त 1212 को महाराज खेतसिंह ने स्वर्ग महाप्राण किए।
उनके बाद में सुत नंदपाल और छत्रसालने निकुंट अबराज किए।।14।।

खंगार राजवंश ने स्वदेश में, अपना परचम लहराया था।
नाम अमर कर गए खेतसिंह, प्रशंसकों ने यश को गाया था।।15।।

बुंदेलखण्डके वीरो में महाराज खेतसिंह का नाम निराला है।
दहिने हाथ तलवार चमकती दुश्मन का वध कर डाला है।।16।।

प्रत्येक वर्ष 27 दिसम्बर महाराज की जयंती बैजनाथ मनाते हैं।
शौर्य गाथा को सुन मेले मे लाखों लोग खुशी मनाते हैं।।17।।

73. मानव जीवन अनमोल

ईश्वर ने सृष्टि में जितने भी जीव बनाए हैं।
उन सभी में नर नारी को अनुपम श्रेष्ठ बनाए हैं।।01।।

पांच तत्व मिल देह बनी यह क्षिति, जल पावक गगन समीरा हैं।
काम क्रोध मद मोह लोभ मोह में पड़ मनो विकार जखीरा है।।02।।

नौ दस मास गरम में रहता, सोई नरक ,द्वारा है।
मुक्ति पाने जीव तड़पता, लेता प्रभु का सहारा है।।03।।

बाहर आन पड़ा धरती पर, सकल जहान निहारा है।
मोह माया के जाल में पड़के, हरि का नाम बिसारा है।।04।।

बालापन खेल में खोया, गलियन बीच गुजारा है।
आई जवानी तिरिया प्यारी, वृद्धापन सबने किया किनारा है।।05।।

मानव तन पाकर के तूने हिंसा मग अपनाया है।
गरीब और निर्धन को सता कर उसमें नाम कमाया है।।06।।

सत संगत ने कबहुन कीनी, विषयन में भरमाया है।
परमारथ की रोह न पकड़ी, विषयन साथ निभाया है।।07।।

सम्पूर्ण चराचर है नस्वर फिर इतना क्यों इतराया है।
काल बली का लगे तमाचा, यम के हाथ बिकाया है।।08।।

यदि जीवन सफल बनाना है, तो सदगुरू की शरणें में जानातू।
यह अनमोल है कायातेरी, जगदीश्वर के चरणों में शीश झुकाना तू।।09।।

गर यह अवसर गवां दिया तो जीवन भर पछताएगा।
फिर मिले नहीं दुर्लभ तन यह, बैजनाथ लौट नहीं आएगा।।10।।

74. संताजी जगनाडे

मराठी संत परम्परा में एक से बढ़ कर संत हुए।
संता जी और नामदेव से विट्ठल जी के भक्त हुए।।01।।

8 दिसम्बर 1664 पुणे मण्डल, मावल खण्डे, संदुबर ग्रामीणे जन्म लिए।
मथाबाईमाता थी उनकी, पिता पिठोवापंत, विट्ठल जी के दास हुए।।02।।

यमुना बाई भायी उनकी बचपन से हरि की लग्न जगी।
गृहस्थ मार्ग से दूरी रख कर मोह बन्धन की डोर तजी।।03।।

संतों की संगत में पड़ के प्रभु के गुण वो गाते थे।
तुकाराम के मण्डल में वे खुल कर झाँझ बजाते थे।।04।।

जाति के तेली थे संता वे तेल व्यापारी कहाते थे।
विट्ठल जी के नाम को गाकर भगवत भक्त कहाते थे।।05।।

स्वयं और तुकाराम के लिखे अभंगों का हिन्दी में अनुवाद किया।
जन मानस की भाषा अपना कर सबके मन का काम किया।।06।।

कुछ ईर्ष्यालु तत्वों ने मिल कर तुका लेखों को कृष्णा सरिता में फेंक दिया।
दारूण दुःख हुआ संता को पर स्मृति लेख संकल्प लिया।।07।।

संता ने उपदेश दिया नहीं कभी अभिमान करो,
मानवता का भाव जगा कर राह सभी की साफ करो।
सदमारग पर चलकर धन संग्रह का काम करो
गैरों का तिरस्कार न करके प्रेमी और दयावान बनो।

सुन 1688 में अंत जान तभी जीवन का निर्वाण किया।
बैजनाथ संतो के मान हित स्वदेश ने डाक टिकट सम्मान किया।।08।।

75. देश के दुश्मन

मानव से मानव को अलग करते, वे कौन होते हैं।
इतिहास के पन्नों में, एकता को दफन करते वे कौन होते हैं।।01।।

इस धरा पर ईश्वर का अवतार हुआ यह हरि प्रतीक है।
फिर भी इंसान को इंसान से नीचा बताया यह क्या सटीक है।।02।।

देखा तिरंगा जिसने, कहा, तिरंगा देश का गौरव और शान है।
इसको पाने के लिए हुई, लाखो जो कुर्बान हैं।।03।।

जिन शहीदों के लहू से सींचा गया भारत का ए चमन।
उन वीरों की शहादत को एक सलामी चाहिए।।04।।

देश की अमन शांति के दुश्मन करते छुप कर वार हैं।
वे नौ जवां नहीं खून पानी, वतन के गद्दार हैं।।05।।

देश जब से आजाद हुआ पड़ौसी की निगाहे टेढ़ी हैं।
हथयाने कश्मीर को उसने, लगाई नफरत की सीढ़ी है।।06।।

फैलाकर आतंक जाल बेकसूर हजारों वासिन्दों को मारा है।
कामयावन होगा कभी जालिम जम्मू कश्मीर हमारा है।।07।।

दूजा है सामाज्यवाद समर्थक, सीमा का विस्तारी हैं।
देश की सीमा पर जबरन, अपनी चौकी गाड़ी है।।08।।

कामयाव न होंगे दोनों अपने गंदे मनसूबों पर।
चाहे जान भले ही जाए नहीं झुकेंगी चरणों पर।।09।।

जी रहे है देश के खातिर, देश हित मर जाएंगे।
चलेगी जब तक बैजनाथ ए सांसें भारत के गुण गाएंगे।।10।।

www.ingramcontent.com/pod-product-compliance
Lightning Source LLC
LaVergne TN
LVHW060116051026
849517LV00007B/2321
* 9 7 8 9 3 8 8 5 5 6 8 3 5 *